Le Petit Prince

L'ENCYCLOPÉDIE ILLUSTRÉE

星の王子さま
百科図鑑

クリストフ・キリアン【著】

三野 博司【訳】

Le Petit Prince : L' Encyclopédie illustrée,
by Christophe Quillien
© 2015 HUGINN & MUNINN/
MEDIATOON LICENSING

The Little Prince ®
©Antoine de Saint-Exupéry Estate 2016

All rights reserved

Japanese translation rights arranged
with MEDIATOON LICENSING
through Japan UNI Agency, Inc., Tokyo

Remerciements

Merci à Rodolphe Lachat,
l' éternel petit prince de la planète
Huginn (et businessman à ses heures),
à Sabrina Lamotte (la rose de la rue
Moussorgski) et à Philippe Vallotti,
fin renard qui a su apprivoiser
les textes comme les illustrations
et jouer les aiguilleurs grâce
à sa relecture vigilante.
Merci aussi à toute l' équipe
de la succession Saint-Exupéry
pour son soutien et son aide précieuse :
Olivier d' Agay, Morgane Fontan,
Thomas Rivière et Virgil Tanase.
Enfin, bravo à Elisabeth Hébert
et Cerise Heurteur pour avoir dessiné,
non pas un mouton, mais la belle
maquette de ce livre.

Les éditions Huginn&Muninn souhaitent
remercier tout particulièrement
Philippe Vallotti pour son admirable
travail sur cet ouvrage,
digne de son amour inconditionnel
pour *Le Petit Prince*.

星の王子さま
百科図鑑

クリストフ・キリアン【著】

三野 博司【訳】

柊風舎

目次

サン=テグジュペリ　略年表　6
はじめに　9

第1章　アントワーヌ・ド・サン=テグジュペリ　11
幸せな子ども時代　12
飛行への情熱　14
初期の手紙、最初の作品　16
素描画家、サン=テグジュペリ　18
アエロポスタル社での冒険　20
サン=テグジュペリと書くこと　22
女性たちとサン=テグジュペリ　24
アメリカ亡命　26
最後の任務　28

第2章　『星の王子さま』の起源　31
作家の人生における起源　32
『星の王子さま』、出版人の依頼　35
レオン・ヴェルト「最良の友人」　36
『星の王子さま』のデッサン　38
手書き原稿とゲラ刷り　40

第3章　『星の王子さま』作品総覧　43
初版本　45

フランスとフランス語圏での出版　46
未発表の一章　48
テクストの異文　50
世界中の『星の王子さま』：翻訳　56
世界中の『星の王子さま』：表紙の絵　58
受容と批評　62

第4章　『星の王子さま』の世界　65
パイロット　66
王子さま　68
キツネ　70
ヘビ　71
バラ　72
ヒツジ　73
トルコの天文学者　73
王様　74
うぬぼれ屋　74
呑んべえ　75
ビジネスマン　75
街灯の点灯夫　76
地理学者　76
砂漠の花　77
こだま　77
バラたち　78
転轍手　78
猟師　79
丸薬売りの商人　79

星の王子さまを取り巻くもの：
地球　80
砂漠　81
星　81
小惑星 B612　82
バオバブ　83
小道具　84

『星の王子さま』名言集　88

第5章　『星の王子さま』の本棚　91
『名の明かされない女性への手紙』　92
『星の王子さま』の続編とパロディー　94
『星の王子さま』の研究　96
アニメに関する本　100

さまざまな証言　102

第6章　スクリーンの『星の王子さま』　105
映画　106
テレビ　114

第7章　舞台の『星の王子さま』　123

　演劇　124
　オペラとミュージカル　128
　マルチメディアによる
　スペクタクル　132
　録音　134
　シャンソン　136

第8章　マンガと絵本の『星の王子さま』　139

　サン=テグジュペリ、
　最後の飛行　140
　ジョアン・スファールの
　『星の王子さま』　142
　星の王子さま、新しい冒険　144
　マンガへのオマージュ　150
　『飛行士と星の王子さま』　154

第9章　『星の王子さま』からインスピレーションを受けて　157

　星の王子さまグッズ　158
　『星の王子さま』で学習する　164
　モード界のプリンス、
　カステルバジャック　168
　『星の王子さま』
　とコマーシャル　172

第10章　『星の王子さま』の世界旅行　175

　『星の王子さま』の公園　176
　そして、他の場所には？　180

第11章　『星の王子さま』と私たち　187

　『星の王子さま』
　ファン集合！　188
　コレクター　196
　『星の王子さま』と社会　198
　展覧会　200
　さまざまな団体　202
　結び　204

参考文献　206
図版出典　207
訳者あとがき　208
索引　209

サン=テグジュペリ　略年表

1900 — アントワーヌ・ジャン=バティスト・マリー・ロジェ・ピエール・ド・サン=テグジュペリ、リヨンで生まれる。

1904 — 父、ジャン・ド・サン=テグジュペリの死。

1912 — 初めての飛行。

1917 — 弟、フランソワの死。

1919 — 海軍兵学校の口頭試験に失敗。美術学校（建築科）に入学。

パリの文壇と接触し、『新フランス評論』（NRF）の関係者と出会う。

1921 — 兵役義務でストラスブール第2航空連隊に配属される。初めての操縦訓練と最初の飛行機事故。

1922 — 第34飛行部隊に配属される。

1923 — ルイーズ・ド・ヴィルモランと婚約、のちに解消。

空軍を除隊。

パリで会計係に就職。

1924-1925 — トラック会社の販売代理人として地方を巡回する。

1926 — 短編小説「飛行士」を『銀の船』誌に発表。

長姉マリー=マドレーヌの死。

トゥールーズのラテコエール社に入社し、ジャン・メルモーズやアンリ・ギヨメと出会う。

1927 — トゥールーズ=カサブランカ、ダカール=カサブランカ間の定期郵便飛行の路線パイロットになる。

南モロッコのキャップ・ジュビーに18か月間、飛行場長として赴任。『南方郵便機』執筆。

1929 — ブエノスアイレスのアエロポスタ・アルヘンティーナ社に営業所支配人として赴任。

1930 — 民間飛行士としてレジオンドヌール勲章シュヴァリエ章受勲。

コンスエロ・ゴメス・カリヨ（旧姓スンシン=サンドヴァル）との出会い。

『夜間飛行』執筆。

1931 — コンスエロとアゲー（ヴァール県）にて結婚。

カサブランカ=ポール・テティエンヌ間の夜間飛行士として従事。

『夜間飛行』出版（アンドレ・ジッドが序文を寄せる）、フェミナ賞受賞。

1932 — ガリマール社が創刊した週刊文学雑誌『マリアンヌ』に記事をいくつか発表する。

1933 — 水上飛行機のテストパイロットに従事。レイモン・ベルナールの映画『アンヌ=マリー（夜の空を行く）』のシナリオを書く。

1934 — 新会社エール・フランスの宣伝業務に加わる。

映画『南方郵便機』のシナリオを書く。

小説『夜間飛行』を脚色した映画『夜間飛行（ナイト・フライト）』の公開。

1935 — モスクワで、日刊紙『パリ・ソワール』のためのルポルタージュを書く。

レオン・ヴェルトとの出会い。

パリ=サイゴン間の長距離飛行レースで事故に遭う。

1936 — 『城砦』執筆開始。

日刊紙『ラントランシジャン』のために、スペイン内戦についてのルポルタージュを書く。

南大西洋でメルモーズが消息を絶つ。サン゠テグジュペリはラジオや出版物で数々のルポルタージュを彼に捧げる。

1937 — 『ラントランシジャン』紙と『パリ・ソワール』紙に、スペイン内戦についてのルポルタージュを書く。

航空学の分野で特許登録を申請。

1938 — カサブランカ゠トンブクトゥ、ダカール゠カサブランカ間の直行飛行路線を開く。

ニューヨーク゠ティエラ・デル・フエゴ諸島間の長距離飛行中にグアテマラで事故に遭う。

『人間の大地』を執筆。
航空学の分野で特許登録を申請。

1939 — 『人間の大地』出版。アカデミー・フランセーズ小説大賞受賞。

英語版『風と砂と星と』が合衆国で「今月の本」に選ばれて、全米図書賞を受賞。サン゠テグジュペリはレジオンドヌール勲章を受勲。9月4日、召集され、操縦指導員に配属される。オルコント（マルヌ県）に駐留していた33-2偵察部隊へ配属される。

1940 — アラス上空を偵察飛行する。この任務から『戦う操縦士』の着想を得る。空軍での活躍により戦功十字勲章を受勲する。

休戦協定の調印後、動員解除され、『城砦』の執筆を続ける。

ギヨメの死。

映画監督ジャン・ルノワールと共にニューヨークへ出航。

1941 — ロサンジェルスで手術を受ける。

術後の静養期に『戦う操縦士』を書く。

女優アナベラと『人魚姫』を再読。

1942 — コンスエロがニューヨークに到着。友人ベルナール・ラモットの挿画付き『アラスへの飛行』（『戦う操縦士』の英語版）を合衆国で出版。

カナダで数回講演をする。

『星の王子さま』の執筆に着手。

フランスで『戦う操縦士』出版、のちにドイツ当局の要請により発売禁止。

11月29日、ラジオでフランス人へ挙国一致を呼びかける。

1943 — 『ある人質への手紙』出版。

4月6日、『星の王子さま』レイナル&ヒッチコック社から出版。

33-2部隊に復帰。
6月、祖国フランス上空を初めて偵察飛行する。

7月、航空写真撮影任務の帰途、着陸時に事故を起こし、飛行停止を命じられる。『城砦』の執筆や数学に没頭する。

少佐に昇進し、部隊に復帰する。

1944 — 7月31日、8時45分、サン゠テグジュペリは離陸し、グルノーブル゠アヌシー間に指定された防衛担当区域の上空へこれが最後となる偵察飛行に向かう。

14時30分、行方不明とみなされる。

1998 — マルセイユ沖で彼のブレスレットが発見される。

2004 — 空軍により彼の搭乗機が確認される。

2008 — ドイツ人、ホルスト・リッペルトがサン゠テグジュペリを撃墜したと断言するが、これは未だ確認されていない。

「僕はこの物語を、おとぎ話のように語り始めたかったんだ。できればこんなふうに。

『むかし、むかし、ひとりの王子さまが、自分の背丈ほどの大きさしかない星に住んでいました。彼は友だちがほしかったのです……』」

はじめに

この本は、他の子どもたちとはちょっと違う、ある少年の物語である。彼の名は星の王子さま。私たちは彼の年齢も知らないし、彼がどこから来たのかもほとんどわからない（いったい小惑星B612ってどこにあるのだろう？）それにいつの日か彼が地球に還ってくるのかどうか、だれにも言えない。私たちは彼がどこで生まれたのかさえも知らない。「とても簡単なことだよ、彼は1943年、ニューヨークで、アントワーヌ・ド・サン＝テグジュペリの本のなかで生まれたのさ」と、ちょっと現実的すぎるおとなたちはあなたに言うだろう。彼らは何にでも即答してくれる、けれども想像力に欠けることがよくある。そんな彼らに想像の世界の何がわかるだろう？　星の王子さまはおそらくモロッコの砂漠で生まれたのだろう、あるいはサン＝テグジュペリ夫人が息子に読み聞かせをしていた寓話のなかで、あるいはその息子が始終描いていたデッサン画のなかで生まれたのかもしれない。つまりは、サン＝テグジュペリのことばで言えば「人生におけるただひとつの真理」、すなわち幼いアントワーヌが妖精物語に対して抱いた感嘆の気持ちから生まれたのだろう。

この本はまた、ひとりのサン＝テグジュペリを、というよりむしろ多様なサン＝テグジュペリを描いた本でもある。すなわち子ども、語り手、飛行家、作家、発明家、哲学者、女性たちを愛した人間としてのサン＝テグジュペリを語っている。10歳のとき、彼の未来図は完成していた。彼は物語を書き、絵を描き、飛行機で旅することを夢みていた。彼は自分用に飛行機を製作したが、いつまでたっても機体は飛び立たなかった。それは、彼にとっては、あとに続く一連の事故の最初のものとなる。少年アントワーヌのうちに、のちのサン＝テグジュペリはすでに芽吹いていた。その好奇心や、質問好きな性格によって、星の王子さまはすでに姿をみせていた。また王子さまがその作者とみごとに共有している憂鬱な気質によってもそうなのだ。

サン＝テグジュペリは、自分は「庭師になるために生まれた」と書いたことがある。その人生は別のものとなったが、それは結構なことだった。というのも、彼の著書と共に、私たちは夢を見るための材料を与えられたのだから。それは庭師の仕事と同じくらい重要なことなのだ。『人間の大地』や『夜間飛行』を読むことは、飛行機の機体に沿って優しく撫でつける風の音だけが乱す静寂のなかで、月明かりに照らされた砂漠の上を飛翔すること。『星の王子さま』を読むことは、けっしてその豊かさを汲み尽くせない不可思議な驚異の世界への扉を押し開けることだ。その世界へ、毎回、昔の疑問に新しい答えをみつけるために、――また新たな疑問を抱くために、私たちは何歳になっても戻ってくることができるのである。そのあとでは、私たちは夕陽や街灯の点灯夫やバオバブを、もう以前と同じ眼差しで見ることはなくなるだろう。

この図鑑は、あらゆる形態のもとで『星の王子さま』の世界を見直そうとしている。王子さまと、あるいは少なくとも姿を変えた王子さまと同行する機会は実にたくさんある。というのも星の王子さまはたえず生まれ変わり、新たな価値を付与され続けているからだ。映画館や劇場で、オペラの舞台上で、本のなかで（サン＝テグジュペリの物語の続きを考案した人びとさえいた）、語学の教科書やマンガで、シャンソンやファッションのなかで、音楽喜劇や宣伝広告で、高速道路のサービスエリアで、アニメのなかで、さらには紙幣の上で（サン＝テグジュペリがお金をけっして長く手元に残しておかず、いつも早く使ってしまいたくなる人だったと知っている人びとにとっては笑い話だろう）。このような形で再会し、再生された王子さまは、よく用いられる言い方をすれば、原型から「自由に着想を得て」生まれたものだ。ときにまったく原型からかけ離れたものが生まれても、それはおそらく栄光の代償といえるだろう。

星の王子さまはいたるところにいる。ブラジルの星の王子さま病院の患者たち、ホンジュラスのハリケーン・ミッチの若き犠牲者たち、星の王子さまの名を冠した協会のおかげで自分たちの夢を実現しようとしているこうした小児患者たちのそばに。オーソン・ウェルズは『星の王子さま』の映画化を考えていた。ジェームズ・ディーンは自分を王子さまだと思っていた。王子さまがそこに、私たちのすぐそばにいることを知るためには、だれも有名になる必要も、王子さまがあらわれたアフリカの砂漠まで行く必要もない。見つめることができれば十分だ、たとえ大切なものは目に見えなくても。とりわけ物事を深く感じることができればそれで十分だ。

270の言語に翻訳されて、サン＝テグジュペリが創り出したこの人物は全世界共通のものとなっている。王子さまは、国境や人びととの間にそびえ立つ障壁を意に介さない。彼は、身分証明書も国籍も宗教も持たない。彼にはそんなものは必要ないのだ。なぜなら、星の王子さまはみんなのものだから。

第1章
アントワーヌ・ド・
サン゠テグジュペリ

幸せな子ども時代

彼は好んで指揮をとり、この上もなくさまざまな楽しみを考案し、弟や姉妹たちを従わせ、命令に反発されることには我慢がならなかった。アントワーヌは向こう見ずで、わざと無謀（むぼう）なことをやり、人の言うことに耳を貸さなかった。住み込みの女性家庭教師たちはとても寛大で、怖くはなかったので、彼の騒々しい性格はいっそう助長されたのだ。

「僕は年をとったのが間違っていた。そういうことだ。子ども時代はとても幸せだったのだ」

アントワーヌ・ド・サン＝テグジュペリは、1900年6月29日、リヨンにある両親の家で生まれた。5人の兄弟姉妹のなかで、上から3番目だった。ヴァカンスのときには、家族はビュジェ地方にあるサン＝モーリス＝ド＝レマンスの城館で過ごした。この18世紀の邸宅は、アントワーヌの母の大叔母であり代母でもあったガブリエル・ド・レトランジュ（ド・トリコー伯爵夫人）の所有になるものだった。あらゆる冒険に打ってつけの広大な庭に囲まれたこの豪華な屋敷で、幼いアントワーヌは、マリー＝マドレーヌ（ビッシュ）、シモーヌ、ガブリエル（ディディ）の姉妹たち、弟のフランソワ、そしていとこたちを誘って、遊びに興じた。

子どもたちは、城館の「明るく暖かい各部屋」の迷宮を探索した。アントワーヌは、「おとなたち」がブリッジをやり神秘的なおしゃべりに興じる居間に惹きつけられた。彼はまた、ビリヤード室に据えつけられた堂々たる書架に魅惑された。夜には、寝つけないときもあったが、部屋のストーブの優しい影がやすらぎを与えてくれた。姉妹や弟は、彼に「太陽王」というあだ名をつけた。

章扉：1905年、弟フランソワ、母、アントワーヌ（立っている）。

左上：アントワーヌの母、マリー・ド・サン＝テグジュペリ（旧姓マリー・ド・フォンコロンブ）。

上：サン＝テグジュペリ家の兄弟姉妹たち（マリー＝マドレーヌ、ガブリエル、フランソワ、アントワーヌ、シモーヌ）。

右：アントワーヌの父、ジャン・ド・サン＝テグジュペリ。

「僕はずいぶんとおとなたちの間にまじって生活もしてきた。間近から、彼らを観察することもできた。それでも僕の考えはたいして変わることはなかった」

彼は室内の家具によじ登るか、あるいはそうでないときは、階段の手すりから飛び降りたあと、果てしなく続く廊下を滑った。走り回ったり、自転車を縦横に乗り回したりして庭園の奥深くに入り込んだ。おとなしくしているときは、弟や姉妹が演じる小さなお芝居を書いた。

アントワーヌが9歳のとき、一家はル・マンに引っ越した。イエズス会の学校に通う少年は、勉強はできたが移り気だった。彼は実りのない学業よりも詩情に満ちた世界を好んだ。教師たちは彼が勉強に精を出すよりも、しばしば月を夢想するようにうわの空でいる姿を目撃している。とはいえ、仲間たちが彼に「月突き」とあだ名をつけたのは、上向きの鼻のせいだったのだが……。しかしながら、彼の子ども時代が悲劇から免れることはなかった。駅のホームで父親が脳卒中のため急逝したとき、彼はまだ4歳だった。のちに『戦う操縦士』において述べているように、1917年、弟のフランソワは、関節リューマチによる心臓発作のため兄の腕のなかで亡くなり、「蒸気エンジンと自転車一台と空気銃一挺を」兄に遺贈した。フランソワは14歳だった。アントワーヌにとって、それは子ども時代と無頓着な生活の終わりだった。

上：1906年、アントワーヌと叔母。ヴァール県、ラ・モールの城館で。

中：アン県、サン＝モーリス＝ド＝レマンスの城館。

左：サン＝テグジュペリは7歳の時から、自分の「宝物」である手紙や写真を大きな櫃のなかに納めていた。「僕の生涯で重要なものはその大きな櫃だけ」と、彼は友人リネットに書いている。

飛行への情熱

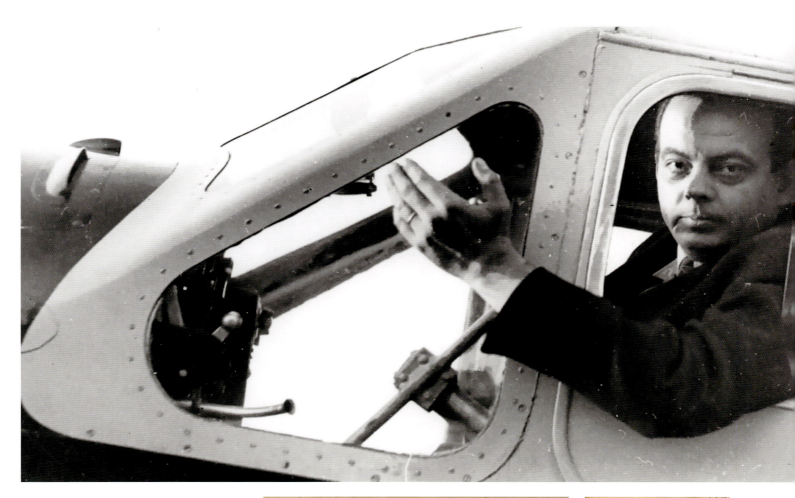

鳥のように飛びたいとアントワーヌは夢みていた。みずから考案した空飛ぶ機体を作ったとき、彼は10歳になっていなかった。村の大工の手を借りて、彼は木枠にシーツを張り、それを自転車のハンドルに取り付けた「帆付き自転車」を作った。試運転は不意に中断する。機体は地面を離れることさえなく、溝に落ち走行を終える……両膝を擦りむいたにもかかわらず、彼はあきらめなかった。2年後、自転車で近くを走り回っているとき、彼は城館から6キロのアンベリューに小さな飛行場をみつける。彼はガブリエルという人物を説き伏せることに成功する。

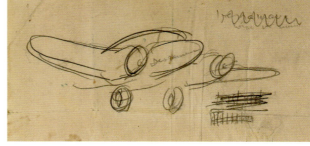

「そこで僕は、仕方なく別の仕事を選んで、飛行機の操縦を覚えた」

飛行機製作者の兄であり、パイロットでもあるウロブレウスキーが、彼に最初の飛行体験（空の洗礼）を授けた。彼は母親の承諾を得たと（これは虚言だったが）強く主張した。飛行場上空を2周し、アントワーヌは大喜びだった。ついに自分の夢がかなったのだ。ただ彼が家に帰ったとき、母親から平手打ちを喰らったとすれば気の毒なことだが。彼は12歳、天職の開花である。

1921年、兵役に就くとき、アントワーヌ・ド・サン＝テグジュペリはもちろん空軍を志願する。しかし、パイロットとして認可されるにはまず、民間航空の飛行免許が必要だった。彼はストラスブールの近く、ノイホフにある第2航空連隊に編入された。飛行機の整備と滑走路の整地を任され、地上を這い回る「地上勤務員」となる。母親に出資してもらって操縦の講座を受講しながら、じっとがまんし、ファルマン40機で操縦訓練を行う。彼の飛行手帖によると、2週間の講義とふたつの操縦装置をつけた飛行訓練を2時間半終えたあと、初めてソッピース機に乗り、ひとりで飛び立った。当時、飛行機の操縦は危険な冒険行為で、向こう見ずな怖いもの知らずか、あるいは風変わり者が行う過激なスポーツと思われていた。それに、空の洗礼のエピソードの2年後、ウロブレウスキー兄弟は、彼ら自身が製造した機体に乗って亡くなった。飛行家たちは近代の英雄だった。

最初の出撃時から、アントワーヌは実に独特な操縦術を発揮していた。つまり粗忽者で、規律を拒否し、愛好家気分で、指示を軽視する性格も混ぜ合わせた身勝手な操縦だった。「武勲」のリストをあげればキリがない。彼は眼鏡を無くし、離陸時に自分の機体を制御仕切れなくなる。鉛筆を忘れたために、彼は目標を撃ち損う。爆弾──幸いにも模造品だった──を間違った場所に投下する……。かくして彼は飛行機壊し屋という当然の評判を得ることになる。この評判は彼に終生ついて回った。しかし、1921年、37空軍戦闘部隊に転属された彼は、モロッコのカサブランカで、軍人パイロットの免許を得る。1922年10月、彼は予備役の少尉に任命され、ル・ブルジェの34飛行部隊に配属される。今度こそ、ほんとうに彼の飛行家としての仕事が始まった。

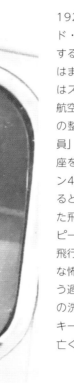

左頁、上：1935年、アントワーヌ・ド・サン＝テグジュペリ、自家用機コードロン・シムーンに搭乗。

左頁、下左：サン＝テグジュペリによる飛行機のスケッチ画。

左頁、下右：作家、飛行家、発明家として登録された特許書。

右上：サン＝テグジュペリ、自家用機F-ANRY（彼の名の最初の2文字と姓の最後の2文字を取って登記された）に乗り込もうと足をかける。

左：パリ＝サイゴン間長距離飛行耐久レースの途中、リビア砂漠で破壊したコードロン・シムーンを落胆して眺める飛行家。

初期の手紙、最初の作品

幼いアントワーヌは、自分の将来について、作家よりむしろ建築家になると想い込んでいた。けれども書物は彼を夢中にさせた。「4歳半のとき、僕はほんとうの本を読みたくてたまらなかった」と、彼はのちにエッセイ「思い出の本」のなかで述べている。子どもの頃はずっと、母親が彼に物語を語り、アンデルセンの童話を読んで聞かせていた。彼は本という、まだ彼には判読できない神秘的な記号に覆われたこの奇妙な物体にどうしようもなく魅かれるのを感じていた。読書への意欲はすぐに彼に訪れ、まもなくそこに書くことへの関心も加わる。彼はサン=モーリスの城館にある家庭の図書室から本をこっそり盗み出し、自分の部屋の寄せ木張りの床にそれを並べた。彼は色刷りの表紙、頁一杯に描かれた挿絵、そしてうっとりするような紙の匂いが大好きだった。

右：手紙のなかでアントワーヌは、彼の文章を書く趣味と絵を描く才能を調和させている。

右頁、中央：1914年、「国語課題作文」でアントワーヌによって書かれた帽子の叙事詩。

右頁：アントワーヌの弟と姉妹が、彼の芝居を演じる準備をする。

「私は世に出て行く日を待ちながら平穏に暮らしていた」

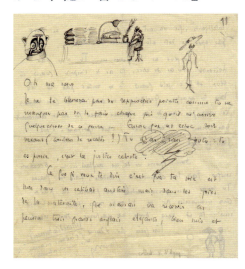

字が書ける年齢になると、おとなたちの前で演じる寸劇を書くようになった。たちまち、将来もやめられなくなるある習慣がついた。彼がどんなに母親に愛情を抱いていたかを証言する者が大勢いるように、彼は母親に手紙を書き続ける。13歳のとき、アントワーヌは級友と小さな新聞を創る。彼が詩の欄を担当する。彼の生まれたばかりの文学の「才能」を見抜いて、賞賛してくれる先生もなく、罰としての居残り時間だけが課せられる羽目になる。間違いだらけの綴り字で埋め尽くされた自分の原稿を見ると抗弁のしようもなく、その処罰に従わざるを得なかった……。けれども彼はそんなことは気にかけなかった。彼は書く、それが一番大事なところだ。サン=テグジュペリが14歳のとき、作文で「ある帽子のオデュッセイア」を書いた。

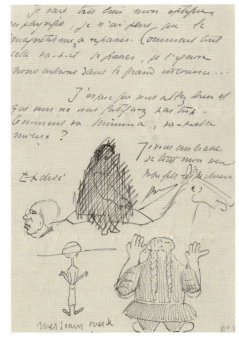

文体はキビキビして、陽気な調子で。「私は大きな帽子工房で生まれた。何日にもわたって私はあらゆる責苦を被った。私は切り取られ、伸ばされ、磨かれた。ついにある夜、私は兄弟と一緒にパリー番の大きな帽子屋に送られた。ショーウインドウに置かれ、ケースのなかのもっとも高級なシルクハットのひとつだった。私のあまりの美しさに、道行く婦人たちはきまって私の輝きに自分を映して見惚れるのだった。私があまりに優雅なので、どんな上品な紳士も私に対してもの欲し気なまなざしを投げかけずにはいられなかった。私は世に出てゆく日を待ちながら平穏に暮らしていた」

一年後、アントワーヌは文学の偉大な古典を発見する。彼はバルザック、ボードレール、そしてドストエフスキーを読む。彼は詩やオペレッタの台本を書く。でも、残念なことに、こうした芽生えたばかりの文学活動は、学業成績の低下から彼を守ることはできず、その結果しばしば最下位の成績をよぎなくされた。しかし、全生涯を通して、書くことは彼の苦悩を癒す特効薬であり、孤独の時間を共にする友であり続けた。

素描画家、サン=テグジュペリ

現存しているアントワーヌ・ド・サン=テグジュペリの最初の図画作品は、1911年頃、彼の子ども時代にさかのぼる。それは手紙の余白に描かれたデッサンや、クレヨンや水彩による挿絵をほどこされ丁寧に書かれた詩編である。アントワーヌは、母や姉妹やまた友人たちに向けた面白い寸劇を構想した。彼は自分の手紙の受け取り人を好んで戯画化した——そうしたことは彼らをつねに喜ばせたわけではなかったと思われるが……しかし自分のイラストに添えた注釈が証明しているように、彼は絵の出来映えに満足しているとはけっして表明していない。
「私のデッサンはひどすぎます」と、彼は1918年の手紙に書いている。「デッサンできません……クソッ！」と彼はその翌年には悔やんでいる。あるいはさらにこんな言葉まで吐いている。「こんな絵を描くはめになったのは、才能がないために、僕はどんな出来映えになるのか予想できないからなんだ」

成人した彼は、だからと言って描くことをやめなかった。絵を描くということが不真面目で、「おとな」という新たな身分とは両立しないかのように、デッサンすることを止めてしまう大部分の人たちとは異なっていたのだ。カサブランカで兵役に就いている間、彼は仲間たちをスケッチした。1925年から1926年には、よく通うレストランやホテルのレターヘッド付き便せんに、ユーモアと自嘲を含んだちょっとした場面を描写した。

「おとなたちは僕にこう言ったんだ——なかが見えても見えなくても、大蛇ボアの絵なんか放っておきなさいって」

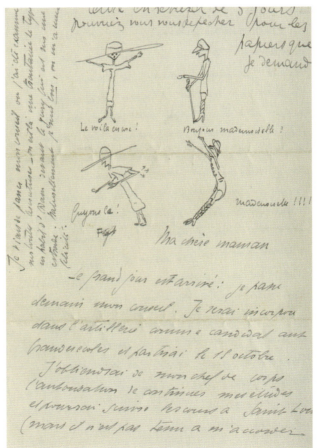

左上：友人である画家ベルナール・ラモットの肖像（1942-1943）。

上：姉妹の戯画や笑劇を添えた母への手紙。

これらの場面は、彼が新しく就いたトラック販売代理人の仕事の退屈さを物語っている。サン=テグジュペリはいつでも、実にさまざまな素材に絵を描いていた。レストランのテーブルの天板の上にじかに描けないときは、手紙、メニュー、彼が友だちに贈った本、請求書、あるいはふつうのルーズリーフの上に。また優しい筆致で、そこに詩的な表現がつけ加えられるような素材なら何にでも。彼は数多くの女性の肖像画を手がけたが、それらは1930年代の彼の社交生活から着想を得たもので、そのなかには上流社会の女性たちや妖艶な女たち、あるいは娘たちの裸像もまじっていた。男性の登場人物は少し怪奇的な筆致で描かれ、不均衡な顔をし、謎めいて、不気味な人物だ。彼はまた自画像、動物画や専門的な図面も描いた。

「その日、僕は自分が何に向いているのかがわかったのです。木炭のコンテ鉛筆がそれです」と、彼は母親に手紙を書いた。サン=テグジュペリは線描の技法を巧みに混ぜていた。彼はおもに、作家にとってお決まりの道具であるペンとインクを使っていたが、紙用のクレヨン、パステル、色鉛筆、ガッシュ（不透明な水彩絵の具）、水彩画法、淡彩画法も用いていた。彼は上質の薄葉紙に線描するやり方を重視していた。めったにサインを入れず、喜んで友人たちに惜しみなく絵を与えていた。そして駄作だと思った作品――言い換えれば大半のもの――をためらうことなく捨てていた。アントワーヌ・ド・サン=テグジュペリの作品は、ただ彼のことばを通してだけではなく、大いなる豊かさ、詩情、そして楽しいユーモアを持つ彼の絵を通しても理解されるべきである。この観点からすると、本文と挿絵――文章を飾るという以上のことを実現している挿絵――を混ぜ合わせた『星の王子さま』は、おそらく彼の多様な才能をもっともみごとに、またこの上もなく完全に表現している。

上左：1927年、ダカールでの入院生活のあとで、サン=テグジュペリからアエロポスタル社の同僚たちに送られた手紙。

上：1932年、カサブランカから友人のアンリ・ギヨメに宛てた手紙で、アントワーヌは執筆中の自身の姿を再現した。

下：サン=テグジュペリと姉との書簡。

「その日、僕は自分が何に向いているのかがわかったのです。木炭のコンテ鉛筆がそれです」

アエロポスタル社での冒険

左：アエロポスタル社の整備士とパイロットの仲間たち。

下：サン＝テグジュペリの同僚で友人のアンリ・ギヨメ（左）とジャン・メルモーズ（右）。

1926年、アントワーヌ・ド・サン＝テグジュペリは、郵便物だけではなく乗客輸送の面でも航空産業の重要性を確信している実業家、ラテコエールに雇われた。威厳あるディディエ・ドーラの下で、アントワーヌはエンジンを取りはずし、きれいにする任務を担う整備士として第一歩を踏み出す。彼はジャン・メルモーズやアンリ・ギヨメと親しくなり、彼らとの長きにわたる友情が始まる。アントワーヌは、スペインでトゥールーズ＝アリカンテ間の初めての飛行におもむくことになった。ギヨメは彼に得難い助言を与え、経路上での自身の経験を彼に伝授した。それは、パイロットが生き延びるために絶対に必要だが、航空術の教科書には載っていない忠告である。ギヨメは、河川によって、あるいは平地での着陸可能を示す3本のオレンジの木によって方角を知る方法を彼に教える。
「すこしずつ、私の地図に描かれたスペインは、ランプの光のもとで、おとぎの国になっていった」と、サン＝テグジュペリは書いている。

「私は、地理学者たちがないがしろにしたその羊飼いの娘を、その正確な位置に戻してやったのだった」

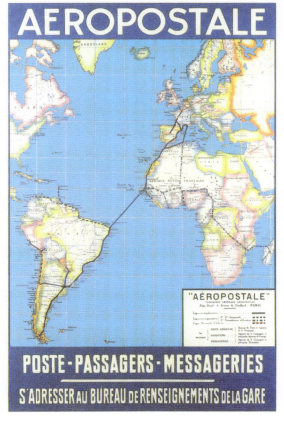

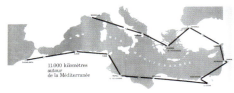

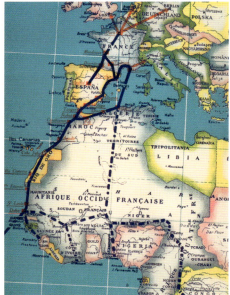

この頁：宣伝資料と会社の飛行航路をたどった地図。

ぐれで緊急着陸の不運に見舞われたパイロットたちの身代金を要求してくるのだ。17か月の間、アントワーヌはこの人里離れた小さな砦で修道士のような生活を送った。会社の飛行機は週に一度しか来ない。彼は暇をもて遊ぶ。彼はわら布団を敷いた板の上で眠るのだった。夜には、不眠と闘うために、のちに『南方郵便機』となる原稿の執筆に取りかかった。彼はムーア人たちとの交渉のためにアラブ語を学び、砂漠で遭難した飛行家たちを救出した。仲間たちは彼の勇気、美質をほめたたえた。それに対し彼はいかなる賞讃にも値しないと断言する。「私は自分の任務を果たしただけです」と、言うにとどめるだろう。

1929年夏、彼はブエノスアイレスのアエロポスタ・アルヘンティーナ社の支配人として任命される。ラテコエールは先を見通していた。航空業界の未来は、ヨーロッパと南米の主要都市を結ぶ路線を開拓してこそ開かれると確信していたのだ。故障頻度が減少した新しいエンジンのおかげで、以後、大西洋を横断する旅行は可能になった。しかし、ブエノスアイレスで、アントワーヌはこの町が好きになれず、キャップ・ジュビーのときのように、すべてから遠く離れて、孤独を感じていた。彼が慰めを見出したのは、新しい航路の開拓をするために大空へ脱出するときだけだった。1931年1月、彼はフランスに帰国する。鞄には次作の『夜間飛行』の原稿を携えていた。

「私は、不時着地点や罠に十字の標識をつけていった。その小作人、小川、30頭の羊に標識をつけていった。私は、地理学者たちがないがしろにしたその羊飼いの娘を、その正確な位置に戻してやったのだった」

1927年、半年の間、トゥールーズ＝カサブランカ、次にカサブランカ＝ダカール間の路線飛行に従事したあと、彼はモーリタニア内、スペイン領サハラ砂漠のキャップ・ジュビーに赴任を命じられた。その前年、ラテコエール路線会社はアエロポスタル総合会社に社名を変更していた。キャップ・ジュビーこそが、「アエロポスタル」のパイロットたちが休息を取るために降り立ち、ブレゲー14のガソリンを補給する地点だった。その経路は危険きわまりないところだった。ムーア人の部族が、エンジンの気ま

サン゠テグジュペリと書くこと

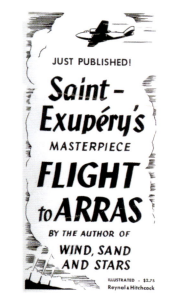

1926年4月、アントワーヌ・ド・サン゠テグジュペリは、書店主であり出版人でもあったアドリエンヌ・モニエによって発行された雑誌『銀の船』に、「飛行士」と題された短編を発表する。『銀の船』の編集部秘書であり、ガリマール社の『新フランス評論』の協力者であるジャン・プレヴォーが彼の将来性を感じ取った。彼はアントワーヌをガストン・ガリマールに推挙する。ガリマールは著書4冊分の契約書を彼と取り交わした。だが最初からしくじったようだ。空中と同じように地上でもうかつ者のサン゠テグジュペリは、まず手書き原稿をなくしてしまい、記憶を頼りに原稿を書き直した。次に、彼が待ち合わせに遅れて着いたときには、もうプレヴォーは待ってはいなかった……。

1929年、彼はガリマール社から最初の著書『南方郵便機』を出版した。流行作家であるアンドレ・ブークレは、その序文のなかで、「サン゠テグジュペリは文筆家ではない」と明言することが良いと判断し、彼の体験の独創性を強調する方を選んだ。2年後、1931年の10月、アントワーヌは『夜間飛行』を出版した。この作品は絶賛され受け入れられた……いくつかの賞の候補になるまでは。当時、何人かの批評家は、『夜間飛行』のうちに飛行家の証言を見出したが、これは確かに純粋な文学作品ではないと判断した。「文芸家たち」の狭い世界は、飛行家は認めたが、作家は評価しなかったのだ……。未来は彼らの誤りを示すことになる。同じ年の12月に、『夜間飛行』はあの威信あるフェミナ賞を受賞した。

「書いているときにはこの本は良いものだと確信を持つ。書き終わるとこれは何の価値もないと納得してしまう」。サン゠テグジュペリは自身の絵描きの才能と同じく、著述家としての自分の正当性を疑っている。文学の勉強をしてこなかった彼は、自分が作家であると主張するために不可欠な成功の鍵を手に入れなければいけないと思っていた。彼はたえず自分の文章を書き直した。削除し、殴り書きし、彼以外のだれにも解読できないことばで自分の原稿を埋め尽くした。

「書くことを学ぶ必要はない。けれども見ることは学ぶ必要がある。書くことはひとつの結果である」

「書き直すことでないとすれば、書くこととはいったい何なのか？」『城砦』のなかで彼は自問する。謙虚さが彼の仕事上の信念だった。「僕は文学のための文学が大嫌いです。一心不乱に生きてきたので、僕は現実に即した事実を書くことができました。この職業こそが僕の作家としての責務の対象範囲を示すものです」と、1942年に彼は書いている。書くことは目的ではなく、手段である。自分自身や世の中をより良く理解する手段である。彼のことばによれば、「書くことを学ぶ必要はない。けれども見ることは学ぶ必要がある。書くことはひとつの結果である」

『人間の大地』でアカデミー・フランセーズ小説大賞を受賞したとはいえ、サン゠テグジュペリは伝統的な小説形式の信奉者ではない。彼は話の筋書に価値を置いてはいない。彼の著書は文学を新しい道へと引き込む。それは、生活のなかでの観察や熟慮によって培われた一連の瞬時と閃光によって構成されている。彼は断章を用いて執筆活動を行い、それらをたえず組み合わせ、練り直し、決定稿を生み出すのだ。そして今日、彼から残されたもの、それは彼の飛行家としての職務で彩られた高尚な叙事詩ではなく、正真正銘の作家としての作品である。後世の者がけっして異議を差し挟むことがなかったことばと美質である。

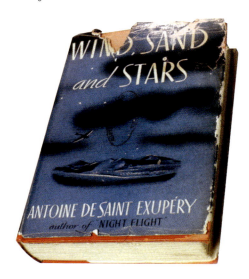

右上：『戦う操縦士』出版のための販売促進資料。
中央：1939年、ベルナール・ラモットに贈られた『人間の大地』の本の上にサン゠テグジュペリによって描かれた素描画。
上：『人間の大地』米国版。
右頁：仕事机に向かっているサン゠テグジュペリ。

女性たちとサン=テグジュペリ

上：1934年、パリのカフェレストラン、リップでの、デテクティヴ社のふたりの記者と作家であるレオン=ポール・ファルグと一緒にいるアントワーヌとコンスエロ。

アントワーヌ・ド・サン=テグジュペリと女性たち、それは語れば長い話になる。彼の人生で最初の女性こそ他ならぬ母親である。ただひとり母に対してのみ彼はつねに恭順であり、たえず手紙を書き続け、そして生涯でどんな苦難のときにも彼が帰ってくるのは彼女のもとであった。「悲しいときにはあなただけが慰めです」と、22歳のとき、彼は母に書いている。「あなたが示して下さる愛は、ほんとうに心を安らぎのなかに置いてくれます」と、3年後、彼はまた書く。28歳で寡婦となったマリー・ド・フォンコロンブは、画家であり音楽家であるが、その導きで彼は文学や物語の楽しさに目覚めたのだ。従妹であるイヴォンヌ・ド・レトランジュを介して、アントワーヌはパリの文芸仲間に紹介される。そこで彼は、マルセル・プルーストにとって大切な花咲く乙女たちのような女性を見つけることになるだろう。そして初めての真の恋人となるルイーズ・ド・ヴィルモランと知り合うことになる。

その後心通う女友達、彼の苦悩を鎮める理想の伴侶たちが次々とあらわれるが、ルイーズはその最初の女性となる。「私が女性に求めるのは、この不安を和ませてくれることです」、と1925年に彼は書いている。ふたりが知り合ったとき、彼女はまだ17歳で、彼は2歳年上だった。彼らは文学と音楽の同じ趣味を共有していた。1923年、彼らは婚約する。結婚はその年の暮れに予定されていた。彼女を喜ばせるために、彼は飛行家の職業を断念する。ところが婚約は秋を越すことはなかった。ルイーズは距離をおくようになり、彼女の家族はアントワーヌに冷淡な態度を示すようになった。パリで会計の仕事に就き、ひとり途方に暮れていた彼は、憂鬱で悲痛な気分でモンパルナスのバーをうろつくのだった。1924年、彼は出張販売員の仕事のために定期的に地方におもむいた。

そうして孤独の2年が始まる。そのあいだ彼は、女性たちと束の間の満たされない関係を結ぶだけでがまんするしかなかった。「コレットだとか、ポーレットだとか、スージーだとか、デージーだとか、ギャービーだとかいった月並

みな娘たちに、変わり映えしない甘いことばをささやいてはみますが、2時間も経つとうんざりします。まるで待合室です」と、彼は妹のガブリエルに書いている。結婚は彼を恐れさせるとしても、彼はそれを「少しばかりしたい」気持ちがある。

1929年、彼はコンスエロ・ゴメス・カリヨ（旧姓スンシン=サンドヴァル）と出会う。サルヴァドール出身で、グアテマラの外交官兼作家の未亡人である彼女は、彼と同い年だった。彼女は小柄で褐色の髪をしていた。アントワーヌはいつもは背が高く、金髪の女性が好みだったのに、彼女の魅力にすっかり心を奪われた。コンスエロは数か国語を操り、気まぐれな芸術家で、喘息持ちの、自由気ままに生きる風変りな疲れ知らずの魅力的な女性で、パリの夜の女王だった。彼はすぐに彼女にプロポーズした。しかし彼の家族は、「映画の伯爵夫人」とか、さらには「横取り女」とレッテルを貼られた若い女性との結婚の企てが気に入らなかった。アントワーヌは意に介さず、1931年4月、ふたりはアゲーの教会で結婚した。彼らの関係は、波乱万丈で情熱的で、双方共に不貞が絶えず、仲たがいと和解によってたびたび中断するしろものだった。

彼女はアントワーヌにとって大切なある才能を持っていた。すなわち彼女は、母親が彼にしていたようにすばらしい物語を彼に語ることができたのである。1938年、彼女はグアテマラ・シティーにいて、サルヴァドールで自分の家族と再会するのを待っていた。ちょうどその時、彼女は彼がニューヨーク=プンタ・アレナス間の長距離耐久レースで飛行機事故に遭い、町の病院に収容された直後であることを知る。ふたりは、再度関係を解消したばかりであったが、彼女は彼の枕元に駆けつけた。ちょうど間に合って、医者たちに、彼の片手を切断する手術をやめさせた。

コンスエロの浮気が露呈すると、アントワーヌは次々と、心を許せる女友達や愛人といった他の女性たちとひんぱんに会わずにはいられなくなった。彼女は彼の不在を耐え忍び、飛行家という彼の職業の絶えざる危険に立ち向かい、彼の仕事柄課せられる不安な待機と孤独とを引き受けねばならなかったのだ。そしてまた、ピエール・シュヴリエという偽名でアントワーヌの自伝を最初に書くことになるネリ・ド・ヴォギュエをはじめとして、彼女の恋敵たちと折合いをつけることも学ばなければならなかった。女優のアナベラからシルヴィア・ハミルトンまで、そしてナタリー・パレからナダ・ド・ブラガンスまで、その一覧名簿は長い。そして、他のすべての女性たちは、その数も多く、後世に名が残されていない。それでもアントワーヌは必ずコンスエロのもとに戻ってきた。彼は生涯、彼女自身を守るだけでなく、生活の不安定や不遇からも彼女を守らなければいけないという強い義務感にとらわれ続けていた。

左上：1931年4月、コンスエロとアントワーヌの結婚。

最上：1930年代、鉛筆と色クレヨンで描かれた女性のヌード。

上：1930年代、鉛筆と色クレヨンで描かれた女性の胸像。

「悲しいときにはあなただけが慰めです」

アメリカ亡命

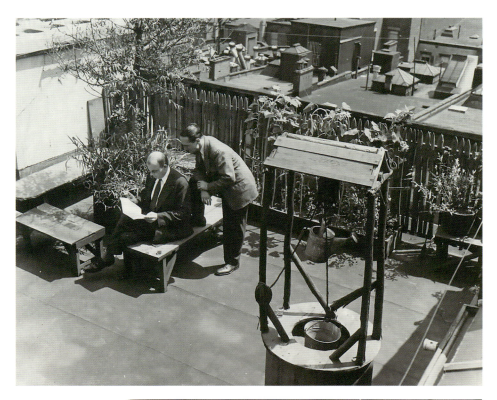

1940年12月、独仏間休戦協定の調印のあと、アントワーヌ・ド・サン=テグジュペリはニューヨークに向かう大型客船シボニーに乗船した。彼は合衆国が連合軍側について参戦するように説得する間、数週間をアメリカ本土で過ごす予定を立てていた。上陸が必要な場合に備えて、アメリカ人たちに──彼自身がその船のコックピットで試行してみた！──斬新な外見の潜水艦を一艦、提示するつもりだった。彼らは彼を少し頭のいかれた人間だと思い、FBIは彼を監視下に置くことになる……。

自身の著書のおかげで、アントワーヌ・ド・サン=テグジュペリはベストセラー作家になった。
『夜間飛行』は、約25万部売れ、クラーク・ゲーブルが主演する映画に脚色された。彼はスターとして迎えられ、アメリカの出版人たちは彼にこまごまと気を配った。ニューヨークで、彼はグレタ・ガルボ、チャーリー・チャップリンやマレーネ・ディートリッヒといった映画俳優と親しく付き合った。外国語を学ぶと作家の文体を損なう恐れがあると確信していた彼は、ひとことも英語を話さなかった。

左上：ニューヨークの画家ベルナール・ラモットのアパートのテラスにいる、サン=テグジュペリと画家。

左：1942年11月、アントワーヌはアメリカNBCラジオ放送のマイクで、フランス人の一致団結を呼びかける。

サン=テグジュペリは亡命者という自身の境遇を好ましく思っていなかった。自分を根なし草のように感じていたのだ。彼は暇つぶしに、チェスをし、まわりの人びとをあの有名なトランプ手品で楽しませ、社交生活を送っていた。紅茶を飲み、手放せない煙草、クレイブンを吸っていた。自分の習慣を変えない彼は、真夜中に友人たちを起こし、今、書き上げたばかりの数頁を彼らに読んできかせ、意見を求めた。編集者たちは、彼に気前良く前払いをした。というのも彼が滞在を延ばし、新しい本に取りかかってくれることを望んでいるからだった。8か月をかけて、彼は『戦う操縦士』を書く。この本が合衆国に参戦を促すものとなるように願いながら。

1942年夏、彼はロング・アイランドにある邸宅ベヴィン・ハウスに住む。そこはようやく夫のもとに戻ってきたコンスエロが見つけた家だった。まさにここで彼は『星の王子さま』を執筆し、この作品は翌年合衆国で刊行された。しかし彼は軍に志願し、ナチズムとの闘争に参加するためにフランスに戻ることを願っていた。たとえ彼が「冒険の代用品」として描いている戦争を嫌悪していたとしても。「私の最初の過ちは、私の家族が戦争に遭って亡くなるというときに、ニューヨークで生きていることです」と、彼は恋人のシルヴィア・ハミルトンに書いている。1943年、こうしてアメリカ当局は、彼が戦闘に参加することを許可し、移動証明書を与える。サン=テグジュペリにとって、それは新たな出発となる。

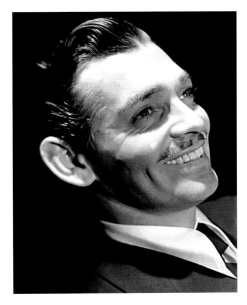

ニューヨークのフランス人亡命者たちの共同体は、ド・ゴール支持者とヴィシー政府の信奉者とに分裂していたが、彼は自分をそうした勢力争いの駆け引きの囚われ人のように感じていた。アントワーヌは彼らを「5番街のレジスタンス活動家」と名づけた。彼は故国のすべての住民たちを和解させるというあり得ない調和を夢見て、アメリカのラジオ放送を通して、フランスから離れているすべてのフランス人の崇高な団結を呼びかけた。

左上：サン=テグジュペリ。ニューヨークで、彼は有名な映画俳優たちと交際する。

左中：グレタ・ガルボ

左下：クラーク・ゲーブル

右上：チャーリー・チャップリン

右下：マレーネ・ディートリッヒ

最後の任務

合衆国から戻り、アントワーヌ・ド・サン＝テグジュペリは、ついに行動に移ることができた。彼は北アフリカに復帰し、そこで1943年7月、最初の任務を遂行する。しかし年齢が彼に味方しなかった。彼は43歳になっていて、かさなる飛行機事故の後遺症で健康面に不安を抱えていた。彼は不節制と睡眠不足で、休む暇もない人生を過ごしてきた。戦う決意は揺るぎないものであっても、ある種の倦怠感を覚え、老いと疲労を身に感じていた。彼はアメリカの科学技術による最新型機ロッキードP-38ライトニングを操縦する。相変わらず英語を話さず、そのため航空管制官との無線連絡が容易ではなかった。他の支障もあった。操縦の年齢制限は35歳に定められていた……。彼はアフリカにいるアメリカ人部隊のドワイト・アイゼンハワー司令官から特別許可証を入手することになる。

しかし彼の古くからの悪魔がふたたび彼を捕えた。訓練期間中、彼は命を落としかねない過ちを幾度か犯した。高度計を読みまちがい、高度2,000メートルで飛行していると信じていたが、実際の位置は……20,000フィートであったり、7,000メートルであったりした……。また別のフライトの時には、10,000フィートと10,000メートルを混同して、機体胴部の円窓を開けたため、外気の流れが彼からマスクをもぎ取ってしまった。彼は南仏への任務を利用して、アゲーにある家族の城館の上空を飛んだ。そこの地勢は、戦略上少しの利益も無かったにもかかわらず。着陸の失敗によって、飛行機は解体処分となり、彼は出勤停止をくらうことになる。彼の気質は改善されなかった。ある占い婦が、「海の浪間で」近いうちに死ぬだろうと予言する。──しかし、おそらく彼女は、彼の着ていた飛行士の服装と水夫の制服を混同したのだろう。サン＝テグジュペリは背中、頭、そして肩の疼痛を訴えた。彼は脊髄が損傷していると信じ込み、髪は薄くなり、何本か歯が抜けていた。所在なく失業中の彼は、すべての人を恨んだ。1944年5月、アントワーヌはついに33-2部隊に復職し、サルディーニャ島で部隊に復帰した。しかし、彼は8か月間操縦しておらず、その上、健康状態は不安定だった。ひとりでつなぎの飛行服を着用することができない彼は、機内に入ると衰弱した呼吸に苦しみ、すぐに酸素マスクを着用しなければならなかった。

1944年7月31日、8時45分、サン＝テグジュペリは最後の煙草を一本吸ってから、コルシカ島のボルゴ＝バスティア基地を飛び立った。アルプスの上空を偵察するためだ。数時間後、彼は行方不明となる。その遺体は永遠に見つからないだろう。「僕は地中海で十字架に架けられていのちを終えるだろう」と、サン＝テグジュペリは宣言していた。あらゆる仮説が提出された。敵の高射砲に撃墜されたという説からドイツ軍パイロットと交戦──もっとも可能性が高いが──したという説、また自殺説に至るまで。1998年9月、彼のブレスレットがマルセイユの漁師によって発見された。2004年4月7日、リオウ島のそばで前年の秋に発見されたP-38機の破片が本物であると確認された。それはまさに彼の搭乗機のものだった。2008年、ドイツ軍パイロット、ホルスト・リッペルトが、1944年7月31日に彼を撃墜したと断言する。アントワーヌ・ド・サン＝テグジュペリは44歳だった。

「僕は地中海で十字架に架けられていのちを終えるだろう」

下：1944年5月28日、サルディーニャ（イタリア）のアルゲーロで、サン＝テグジュペリの仲間が撮影した写真。翌日出発予定の写真家、ジョン・フィリップスの送別会の様子。10頭の子羊が調理され、フィリップスが200リットル樽のワインを提供した。次の日、写真家が荷物を準備しているとき、サン＝テグジュペリは彼のためにかねて約束していた文章を書いた。それが「あるアメリカ人への手紙」である。

第2章
『星の王子さま』の起源

作家の人生における起源

『星の王子さま』は何もないところから生まれたのではない。この物語は作家の人生にその源をもち、彼の経験、出会い、子ども時代の思い出を糧としている。

砂漠はこの作品の形成過程に重要な役割を果たした。サン＝テグジュペリが砂漠を発見したのは、僚友の飛行家ルネ・リゲルとアフリカのカサブランカ＝ダカール間を初飛行したときである。ふたりはギヨメの飛行機に付き添われていた。彼らの飛行機はコネクティングロッドの破損が原因で砂漠に不時着したため、任務は予定より早く終わった。リゲルはギヨメの操縦するブレゲ機に乗り込んだが、アントワーヌは丸ひと晩、ただひとり砂漠にとどまった。2挺の拳銃を手に、彼は救助を待つ。機体の下に座った彼は、のちの『星の王子さま』に登場する、サハラ砂漠に不時着し「筏に乗って大海のまっただなかに投げだされた遭難者よりも孤独な」あのパイロットを思わせる。のちに彼は『人間の大地』でこの出来事に触れている。「そして私は、砂漠のただなかに不時着し、砂と星々のあいだで素手のまま、襲撃の危険にさらされ、あまりにも多くの沈黙によって生の磁極から遠ざけられてしまっている自分の立場について考えてみた。どの飛行機からも発見されなかった場合、それらの磁極にたどりつくためには、何日も、何週間も、いや何か月もついやさなければならないということを知っていたからだ。明日、ムーア人たちが私を虐殺しないにしても。そこでは、私はこの世に何も所有していなかった。私は、ただ呼吸することの楽しさを自覚しているだけの、砂と星々とのあいだに踏み迷ったひとりの人間にすぎなかった」

「私はこの世に何も所有していなかった。私は、ただ呼吸することの楽しさを自覚しているだけの、砂と星々とのあいだに踏み迷ったひとりの人間にすぎなかった……」

1935年12月、サン＝テグジュペリはパリ＝サイゴン間長距離飛行レースに参加したが、リビア砂漠に墜落した。整備士アンドレ・プレヴォーと共に、耐え難い暑さのなかを三日間さまよった。水の貯えもなくなり、ふたりは確実な死を覚悟する。そんな彼らは、パイロットに呼びかける『星の王子さま』の主人公と同じように、どこからともなくあらわれたベドウィンの隊商に助けられた。

王子さまとパイロットの他にこの物語に登場するもののいくつかは、サン＝テグジュペリの思い出に由来している。キツネは、彼がキャップ・ジュビー駐在中に飼いならしていたフェネックギツネを思わせる。大蛇ボアは、アルゼンチン滞在によって想を得た。バオバブは、カサブランカ＝ダカール間の航路を開設し、セネガルに立ち寄ったときのかすかな記憶だ。街灯の点灯夫は、彼の想像だけから生まれたのではない。子どもの頃アントワーヌは、サン＝モーリス＝ド＝レマンスでのヴァカンス中に、「実際に」点灯夫に出会ったことがあった。ビジネスマンに関しては、トゥールーズとセネガルのサン＝ルイを結ぶ郵便飛行路線をラテコエール社から買収し、アエロポスタル社を誕生させた実業家マルセル・ブイユー＝ラフォンから想を得たと見るべきだろう。

ネリ・ド・ヴォギュエによると、星の王子さまはピエール・シュドゥローから着想されたのかもしれない。第二次世界大戦直後、政治家になる前の12歳の幼いピエール少年は、星の王子さまと同じようにスカーフを巻いており、彼を可愛がっていたサン＝テグジュペリから、「小さなピエール」と呼ばれていた。

『星の王子さま』は、子ども時代に母親が語って聞かせたか、あるいは自分で読んだ数々の物語が実を結んだものでもある。マリア・カミンズの『点灯夫』や、アンドレ・モーロワが彼に自著を一冊プレゼントした『わがままな三万六千人の国』などは、別の影響を与えたと考えられる。『火山を運ぶ男』も同様で、ジュール・シュペルヴィエルのこの作品は、『星の王子さま』の精神を先取りするような巻頭文で始まっている。「夢と現実、いたずら、不安など、かつて子どもだった私のために、そして今私にお話しをねだる子どものために、私はこのささやかな小説を書いた」

サン=テグジュペリ自身も『人間の大地』で、自分の未来の作品を予告した。『星の王子さま』で見られる数々の構成要素と同じくらい、砂漠や火山、王国についてほのめかすと共に、両親に伴われたひとりの幼い男の子の表情に言及して次のように書いている。「伝説のなかの小さな王子さまたちもこの子どもとなんら変わりはなかったのだ」

章扉：少しいらだった星の王子さまのデッサンの一枚。

左頁：アエロポスタル社の創始者、ピエール・ジョルジュ=ラテコエール。

上：リビアの砂漠に墜落後、サン=テグジュペリと飛行家アンドレ・プレヴォーは、ベドウィンに救出されるまで、三日間砂漠をさまよった。

下左：政治家ピエール・シュドゥロー。サン=テグジュペリから「小さなピエール」と呼ばれた。彼がサン=テグジュペリに星の王子さまという人物を思いつかせたのかもしれない。

すぐ左：誠実な友人であり知的支援者、愛人でもあったネリ・ド・ヴォギュエは、のちにピエール・シュヴリエというペンネームで、サン=テグジュペリの最初の伝記を書いた。

『星の王子さま』、出版人の依頼

左頁：彼がシナリオを書いた映画『アンヌ=マリー（夜の空を行く）』のポスターの女優アナベラ。サン=テグジュペリの親密な女友達。

左：1942年、ニューヨーク、中央に座っているのがアントワーヌ、両側にいるのは出版人ユージン・レイナルとその妻エリザベス。

だれが『星の王子さま』を書くように勧めたのか？ この作品の起源を明確にするのは容易ではない。それほどこの本の発案者だと主張する証言が多いのだ。1942年、ニューヨークのカフェ・アーノルドで食事をしているとき、出版人ユージン・レイナルの妻、エリザベス・レイナルは、会話中ずっとサン=テグジュペリが描いていた「小さな男の子」に興味を持ったようだ。彼女の夫は共同経営者カーティス・ヒッチコックと共に、『人間の大地』のアメリカ版『風と砂と星と』を出版したばかりだ。彼らは1934年に、イギリス人パメラ・トラヴァースの小説『メリー・ポピンズ』を出版した。ふたりは新たな成功を期待し、このフランス人作家に、君も若い読者向けの原稿を僕たちに任せてみてはどうかと持ちかけた。サン=テグジュペリはこのアイデアに興味を持った。出版人たちはクリスマスの童話をと考え、年末休暇用として売り出すつもりだった。11月には契約書に署名され、3,000ドルの前払い金が支払われた。もう彼は仕事を始めるしかない……。

作家のその他の知人も、『星の王子さま』の誕生過程で一役買ったと主張する。たとえば、ニューヨークの女友達、シルヴィア・ハミルトン。サン=テグジュペリは、この作品に登場させる人物について思いをめぐらせているとき、彼女の部屋で想を得たようだ。彼女のプードルはヒツジに、ボクサー犬ハンニバルはトラに似ていた。そしてブロンドの髪の人形が王子さまを思い付かせたかもしれない。フランス人女優アナベラは、ふたりでアンデルセンの『人魚姫』を読んでいるときに、サン=テグジュペリは妖精物語を書くことを思い付いたのだろうと語っていた。女流画家ヘッダ・スターンは、彼が始終小さな少年の絵を描いているのを見て、本の挿絵を自分で描いてはどうかと勧めたようだ。サン=テグジュペリは最初、美術学校で知り合って『戦う操縦士』の挿絵を描いた画家ベルナール・ラモットに依頼しようと考えていた。しかし、彼の試作絵はあまりにも写実的で暗く、「素朴さ」に欠けると判断され、サン=テグジュペリを満足させなかった。知人の何人か、たとえば映画監督のルネ・クレールは、自分が贈ったデッサン用具をサン=テグジュペリは使ったのだと主張した。探検家ポール=エミール・ヴィクトールは、彼に水彩画効果を出せる色鉛筆を教えたらしい。だからといって、それだけで、彼らをこの物語の提唱者だとするには不十分だ。必要なものをニューヨークのドラッグストアで手に入れたのは、サン=テグジュペリ自身なのだから……。

しかし、アントワーヌ・ド・サン=テグジュペリの、子どもの頃母親に語り聞かせてもらった物語に驚嘆した思い出、そして彼が称賛する妖精物語、それ以外のどこにも『星の王子さま』の起源を探すべきではないだろう。彼は『名の明かされない女性への手紙』のなかで、「だれもが知っているように、妖精物語こそが、人生の唯一の真実なのです」と書いている。

レオン・ヴェルト「最良の友人」

『星の王子さま』はレオン・ヴェルトに捧げられた。その献辞には短い文が添えられ、サン=テグジュペリは、彼を「僕がこの世で得た最良の友人」であり、「子ども向けの本でも理解できるおとな」だと説明している。このことばは、「小さな少年だった頃のレオン・ヴェルトに」捧げると告げつつ、彼の本の献呈先が子どもであることを明確にしている。

小説家であると同時にジャーナリスト、エッセイスト、美術評論家だったレオン・ヴェルトは、反軍国主義者であり反植民地主義者、平和主義者であり無政府主義者でもあった。そして両大戦間のフランスではむしろ珍しく精神的に自立した数々の行動——それが気に入らない人もいたが——を示した。サン=テグジュペリは、『ある人質への手紙』を書いて彼を称賛した。

もともと、この文章はレオン・ヴェルトが書いた退却の物語『三十三日』の序文になるはずだった。出版してもらうという約束で、ヴェルトは自分の本の原稿をニューヨークへ向けて出発間際のサン=テグジュペリに託したのだ。『ある友への手紙』、次には『レオン・ヴェルトへの手紙』というタイトルがつけられたこの序文は、最終的に『ある人質への手紙』として1943年にサン=テグジュペリによって発表された。ドイツ占領下で苦闘するフランスの権化であり、ナチスから逃れてジュラ山脈に避難したユダヤ人であるヴェルトの身の安全を守るためにつけられたタイトルだ。友への呼びかけを通して、アントワーヌ・ド・サン=テグジュペリは、ヴェルトと同じように人質の身分に追い込まれたすべてのフランス国民にメッセージを送るのである。

1948年、レオン・ヴェルトは『私が知っているままのサン=テグジュペリ』という本を書いた。そのなかで彼は『星の王子さま』の作者をたたえている。「彼には、子どもたちを魅了する力ばかりではなく、おとなに対しても、自分たちにも妖精物語の登場人物と同じような広い世界があることを納得させる力があった。サン=テグジュペリは、子ども時代の心をずっと持ち続けた」

「この本をひとりのおとなに捧げたことを、子どもたちには許してほしい。僕には確かな言いわけがあるのだ。そのおとなは、僕がこの世で得た最良の友人なんだ」

「そのおとなは、いまフランスに住んでいて、飢えと寒さに苦しんでいる。彼にはどうしても慰めが必要なんだ」

左頁および上と右：サン＝テグジュペリの友人、レオン・ヴェルトの3枚の写真。サン＝テグジュペリは、彼に『星の王子さま』を献呈し、『ある人質への手紙』で称賛している。

『星の王子さま』のデッサン

1943年に「正式に」誕生するずっと以前から、王子さまは多くのデッサンにさまざまな姿で描かれている。たとえあの王子さまだと言えなくても、また体の線がどう見ても物語の王子さまと違っても、顔つきだけは驚くほど似通っている。アントワーヌ・ド・サン=テグジュペリはいつも子どもの絵を描いていた。私たちは、実にさまざまな素材に描かれた彼らに出会う。たとえば、ルーズリーフ、あらゆる種類の請求書、小学生用の学習ノート、レストランのテーブルクロスやメニュー、手帳や原稿など。自分の星にいる王子さまのように、彼らは花が咲いている花壇にいることもある。

たとえば、戦争初期、アントワーヌが召集されたときに書いたレオン・ヴェルト宛ての手紙では、王子さまは気取って雲の上に立っている。雲は、下の方にある地球の上空に浮遊しているように見え、その形はやがてあらわれる小惑星B612を思わせる。

上：「星の生える木」、原稿の一枚の余白に描かれている。

右：星の王子さまを創り上げるまで、サン=テグジュペリは王子さまを連想させるたくさんの小さな男の子を考案した。

もう一枚は、女友達ネリ・ド・ヴォギュエに贈られたもので、星のようなものの上に立ってまくし立てている人物が描かれている。日付はないが、サン=テグジュペリの挿絵作品についての専門家によれば、これは1930年代末か、1940年代初めに描かれたようだ。

私たちが知っているあの王子さまの姿は、みずから挿絵も描いたこの作家の思いつきから、魔法のように突然あらわれたのではない。その姿は創造を重ねた結果であり、生涯ずっと鉛筆で絵を描くのを楽しみとした作者の描画の歩みの成果である。

右上：サン=テグジュペリは、アエロポスタル社の公印付きの手紙に少年のひとりを落書きしている。

上：これらのバラは、1919年にみごとな書体の手記にまとめられた、サン=テグジュペリの5編の詩のひとつ「さらば」を飾っている。

手書き原稿とゲラ刷り

シルヴィア・ハミルトンから寄贈された『星の王子さま』の手書き原稿は、ニューヨークのモーガン図書館にある。アントワーヌ・ド・サン=テグジュペリがいろいろと筆を加え、あるいは修正したタイプ原稿は4種類存在し、そのひとつはアメリカ合衆国、オースティンにある。作者はこれを、いつも仕事を任せてきた翻訳家ルイス・ガランティエールに送ったが、彼は飛行機事故に遭い『星の王子さま』を訳すことができなかった。もうひとつは、フランス国立図書館が所有している。これはサン=テグジュペリがピアニスト、ナディア・ブーランジェに贈ったものを彼女から譲り受けたものだ。三つ目は、出所は不明だが、1989年にロンドンで競売会社サザビーズから売りに出された。一方、別のひとつはコンスエロの受遺者が所有しているのだろう。

上：星の王子さまの未発表の一場面、星に座った背後から描かれている。1942年。

右：サン=テグジュペリが書いた手紙にぞんざいに描かれたふたりの星の王子さま（日付、場所は不明）。

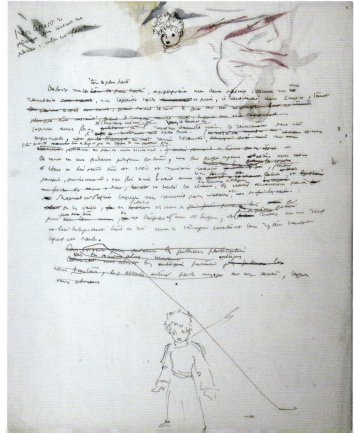

ひと組のゲラ刷り――出版業界の専門用語で、一冊の本の最初に印刷されたものを言い、校正用であって、販売を目的としない――は女優アナベラのものだったはずだが、競売にかけられ、ある収集家が落札した。また、出版されたものと同一の、別のタイプ原稿は、ル・ブルジェ航空・宇宙博物館に寄贈された。

これらの原稿はいずれも、『星の王子さま』の創作状況を知るのに貴重な助けとなる。アントワーヌ・ド・サン=テグジュペリは、私たちが彼の作業手順を理解し、彼の発想源を知るのに役立つ資料をいっさい残さなかったからだ。唯一の情報は彼の『手帖』に書かれた数語に限られる。「方法。子ども時代に読んだ本を読み返す。なんの感銘も起こさない幼稚な部分は完全に無視するが、祈禱文のように繰り返し読んでいるうちに、その比喩によってもたらされる概念に気づく」。これらいろいろな手書き原稿は、加筆されたり異文を書き込まれたりして、実際さまざまな変更のあとを提示している。また同様に、最終版で取り上げられなかった多くのデッサンも存在する。サザビーズで競売にかけられた原稿にも、自筆の修正箇所が百か所以上もある。それらはこの作品の形成過程を立証し、『星の王子さま』の推敲過程について新たな観点を提供することで、制作中のサン=テグジュペリが行った試行錯誤のあとを私たちに教えてくれる。

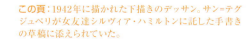

この頁：1942年に描かれた下描きのデッサン。サン=テグジュペリが女友達シルヴィア・ハミルトンに託した手書きの草稿に添えられていた。

41

ANTOINE DE SAINT-EXUPÉRY

The Little Prince

"I believe that for his escape he took advantage of the migration of a flock of wild birds."

The Little

WRITTEN AND DR

ANTOINE DE SAIN

TRANSLATED FROM THE FRENCH B

REYNAL & HITCHCOCK

第３章
『星の王子さま』作品総覧

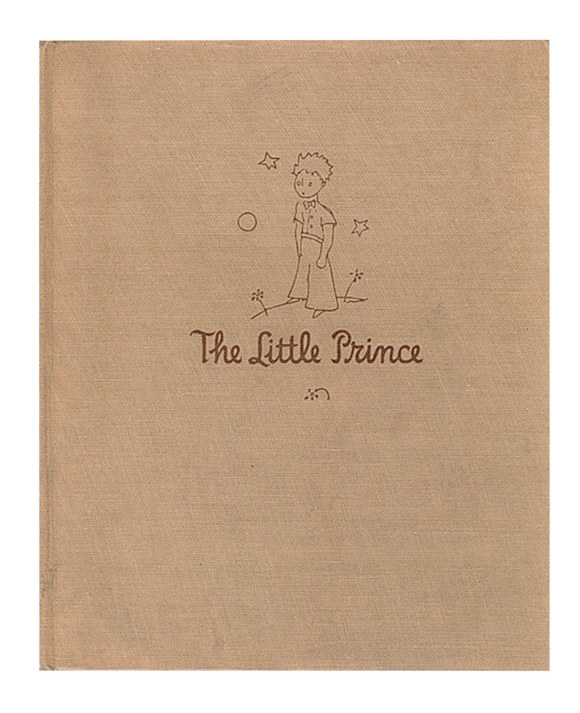

初版本

『星の王子さま』の初版は、1943年4月6日、英語版（*The Littre Prince*）とフランス語版（*Le Petit Prince*）が同時に、ニューヨークのレイナル＆ヒッチコック社から出版された。英語版は手書きの限定番号および著者のサイン入り525部（うち25部は非売品）、フランス語版は260部（うち10部は非売品）となっている。初版本は91頁で、淡紅色の表紙には「小惑星B612の王子さま」のイラストが描かれており、カバーには折り返しが付いている。

サン＝テグジュペリのサインのない普及版が、続いて出版された。この普及版は、印刷部数の表記がないことを除けば、初版と同じ体裁で、

章扉：『星の王子さま』の手書き原稿が保管されているモーガン図書館の展示室。
左頁：アメリカ版初版のクロス装表紙。
上：モーガン図書館に保管されている『星の王子さま』。

当時2ドルで売られた。初版は、収集家や愛書家に稀覯本（きこうぼん）として人気があり、2013年には20,000ないし25,000ユーロで取引され、普及版の初版はその十分の一で取引されていた。

フランスで『星の王子さま』が遺作として刊行されるのは、サン＝テグジュペリの死から2年を経た1946年4月のことである。それに先駆けて1945年11月には、その抜粋が週間雑誌『エル』第二号に「抜き刷り」として掲載されていた。ガリマール社から出版されたこの本は、93頁で、第一刷は12,750部（うち300部は非売品で、IからCCCまでの番号入り）である。表紙は濃紺色のクロス装で、アメリカ版に基づいて赤い色でイラストを再現し、その下にガリマール社の略号「NRF（*Nouvelle Revue française*）」が入っている。

ガリマール社の初版には、いくつかの誤植と不備があり、アメリカ版と比べると明らかな相違も見られる。それはテクストにもイラストにも関わっている。「小惑星325」は「小惑星3251」となっており、王子さまが夕陽を見る回数は44回なのに対して43回になっている。しかし、タイプ原稿のひとつを見ると、そもそもサン＝テグジュペリ自身が夕陽の数字に関して迷っていたようにも思われる。また、すべてのイラストが同じだというわけではない。ガリマール版では、王子さまの豪華な衣装の色が緑から青へと変化していたし、天文学者の望遠鏡の先にあった星は消えてしまっていた。

「サン＝テグジュペリが『星の王子さま』を執筆したまさにその建物に、私の母が住んでいたことを考えると感動します。いずれにしても、あの本がここで生まれつつあるとか、その作者がだれであるとか、母は思ってもみなかったのですが、それを考えると感慨無量です」
ポール・オースター

フランスとフランス語圏での出版

発売日から2か月後の1946年6月末には、『星の王子さま』はおよそ10,000部が売れていた。それにもかかわらず、ガリマール社がこの本を重版するのは、1947年11月12日になってからだ。今回は仮綴本である。重版への取り組みが遅れたことに関してはいくつかの理由によって説明される。ガリマール社がこの本の出版権をめぐってレイナル＆ヒッチコック社と係争中であったことがまず第一にあげられるが、他の面では第二次大戦直後の物資不足のため出版が困難になり、そのためガリマール社は望むように重版に踏み切ることができなかった。また、サン=テグジュペリの著作権継承者である妻、母、妹たちの利害がしばしば対立し、彼女たちとの間でその権利をめぐる妥協点を見つける必要もあったのである。

「『星の王子さま』は優れた美しい書物だと私は思う。誠実で刺激的、ときに優雅さもある。でも、子ども時代とはあまり関係ないとも思う。王子さまはたとえ小さくても子どもではないし、少年でも少女でもない。彼は魂そのものだ。もちろん、だれもがひとつの魂についての一冊の本を読むことができる。子どもたちもそうなのだ」
マリー・デプルシャン

こうして『星の王子さま』の重版は、クリスマスに向けて書店に並ぶようにと、11,000部が印刷された。数か月後の1948年2月には、新たに22,000部が増刷された。1947年7月から1948年6月までの販売部数は、実に23,000部を超えたのである。それ以降、この本の人気は定着し変わることはない。このときから、サン=テグジュペリ自身が単に子ども向けの本として考えてはいなかったにしても、『星の王子さま』は書店でもっとも人気の高い子ども向けの本となった。1958年には、仮綴本の第19刷が出版されるが、それまでの増刷ごとに22,000から55,000部が販売されており、販売総数は450,000部を超えた。

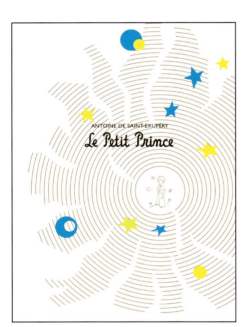

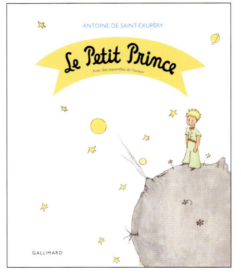

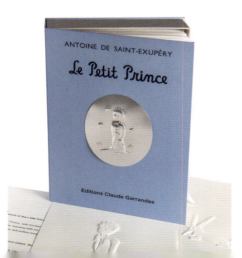

左上：ガリマール社、ジュニア絵本シリーズの『星の王子さま』。

右上：本、ジェラール・フィリップ朗読CD、DVDを収めた箱入り記念版。

左下：サン=テグジュペリの物語とデッサンの「凸字の点字付き絵本」初版（クロード・ガランド出版）。

右下：『星の王子さま』ポップアップ絵本、挿絵が読者の目の前に生き生きとあらわれる。

1980年代初めには、『星の王子さま』の初版と豪華版の販売部数がおよそ200万部に達した。80年代の10年間から、この本は新たな成功の次元へと進んで行く。『星の王子さま』の出版は多方面にわたるようになった。1970年代末まで4種類の版が入手可能だった。仮綴本の初版、それをレイアウトした製本家ポール・ボネの豪華版（1951年）、1952年刊行の会員頒布用の版、そして1953年に刊行された権威あるプレイヤッド叢書版である。1979年9月には、『星の王子さま』は子ども向けの最初のポケット判シリーズ「フォリオ・ジュニア」に収められ、出版された。1999年2月、ついにガリマール社の名高いおとな向けシリーズ「フォリオ」に加えられ、サン=テグジュペリの物語の普遍性を示す証拠となった。また、再認識を高める別の要因もあった。王子さまの絵は、もはや書物で伝えられるだけではなく、新たな普及手段に恵まれたのである。1993年に発行された50フラン紙幣には、王子さまの肖像とその著者の肖像が印刷されている。

60年間に『星の王子さま』がフランスで購入された部数は、1,100万部の大台に乗った。そのうちの半分以上はポケット判である。

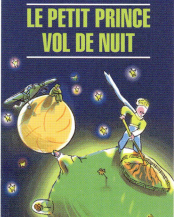
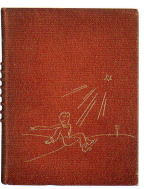

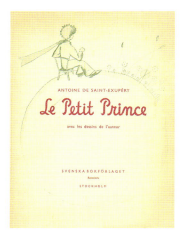

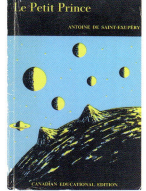

上から下、左から右へ

ダル・エル・マーレ社、スース（チュニジア）、2003年。

レイナル＆ヒッチコック社、ニューヨーク、1943年。

カーポ社、モスクワ、2010年。

ガリマール社、パリ、1948年。

ハーコート社、ニューヨーク、1954年。

ガリマール社、パリ、1948年、ハードカバー、箱入り。

スヴェンスカ・ボークフォラーゲット社、ストックホルム、1958年。

ヴィシャヤ・シコーラ社、モスクワ、1966年。

ベルヘイヴン・ハウス有限会社、スカーバラ、1973年。

ヤズィカフ社、モスクワ、1960年。

未発表の一章

『星の王子さま』の草稿はモーガン図書館に保管されているが、そのなかには未発表の一章が含まれている。この章は手書きで作成されており、サン=テグジュペリ特有の小さな文字で判読し難いが、王子さまとクロスワードパズル愛好者との出会いが詳述されている。この愛好者は王子さまに、「G」で始まり「うがい薬」を意味する6文字のことばを3日前から探していることを説明する。

「ここは不思議な星だな」と、旅をしながら王子さまは思った。

王子さまは、砂漠からまっすぐにヒマラヤへと旅立った。彼はずっと前から本物の山を見たかったのだ！ 彼は、確かに3つの火山を持っていたが、それらの火山は彼の膝に届くほどの高さだった。だから彼はしばしば火が消えてしまった死火山に寄りかかっていたが、それはかろうじて腰掛けのようになっていたのだった。

「こんなに高い山なんだから、人間たちのすべてがひと目で見わたせるだろうな」と、彼は思った。

ところが、鋭くとがった花崗岩の峰や黄色い土の崩れ落ちた大きな山以外は何も見えなかった。もし、この星に住んでいるすべての人びとが、白人、黄色人、黒人、子ども、老人、女性、男性のうちだれひとり忘れることなく、集会の時のように、お互いにすき間なく詰め合って集まったとしたら、人類はすべてロング・アイランドの島にある［NdA：判読不能のことば］のなかに入ってしまうだろう。もし、君たちが［小学生用の地球儀］を手に取り、それに針で穴をあけたなら、人類はすべてこの針の穴の面積に収まってしまうだろう。

「『人間たちは、どこにいるんだろう?』と、旅をしながら王子さまは考えた」

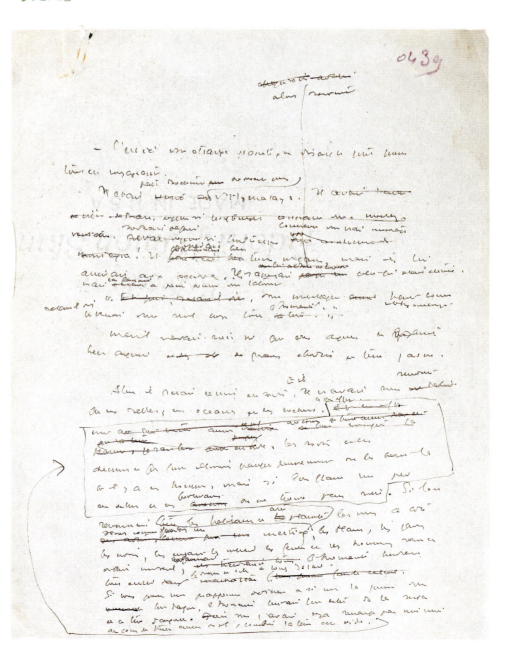

48

もちろん、僕は3年間飛び回っている間に、地球には人の住んでない場所がどれほど多いのかを自分自身ですでに気づいていた。実際、道路や鉄道は眩惑（げんわく）するものだ。というのは、それらはまさしく人間たちのいるところに見つかるものだから。ところが、もし人がこれらの大きな通りをはずれて少しぶらつこうものなら、もう何も見出せなくなってしまう。

けれども、その点について、僕はたいして注意を払わないで考えていた。僕がそのことをより深く考えるようになったのは、王子さまのおかげなんだ。

「人間たちは、どこにいるんだろう？」と、旅をしながら王子さまは考えた。とある道路上で、初めて彼は人間に出会った。「ああ！　ぼくは、この星の人間が人生について何を考えているかを知るだろう」と、彼は思った。「おそらく、あの人は人間の精神について教えてくれる使者かもしれない……」

「こんにちは」と、その人に王子さまは陽気に言った。
「こんにちは」と、男は応じた。
「何をしているの？」と、王子さまはたずねた。
「とても忙しいんだよ」と、男は言った。

「たしかに、この人はとても忙しい」と、王子さまは思った。「とても大きな星に住んでいるし、するべきことがたくさんあるんだ」。王子さまは、彼の邪魔をするのをためらった。

それでも王子さまは、「あなたを助けてあげられるかもしれないよ」と、男に言った。王子さまは役に立ちたかったのだろう。

「たぶんね」と、男は彼に言った。「3日前から考え続けているけど、うまくいかないんだ。"G"で始まって"うがい薬"を意味する6文字のことばを探しているんだ」
「うがい薬」と、王子さまは言った。
「うがい薬さ」と、男は答えた。

左頁と上：手書きされた未発表の章。

49

テクストの異文

さまざまな手書き原稿を注意深く読み解くことは、サン=テグジュペリの綴りの判読が難しいので読解を微妙にするものの、興味深いものがある。この読解によって、最終稿に対していくつかの注目すべき異文が明らかになっている。

船それともジャガイモ?
ボアに呑みこまれたゾウを描いた語り手のデッサンより前に、サン=テグジュペリは一枚の挿絵を描いていた。彼はその出来映えに満足できずに放棄している。それは、1986年に売却されたデッサンによって明らかになった。

> 僕は描くことができない。2回、船を描いてみたけれど、ある友人は、それはジャガイモかいと僕にたずねたんだ。

マンハッタン
物語の第17章で、アントワーヌ・ド・サン=テグジュペリは、太平洋のある島に地球の人びとを集めることを考えている。

> もし、地球に住んでいる20億の人びとが、集会のときのように、少し窮屈にすき間なく立ち並んだとしたら、20マイル四方の広場に容易におさまってしまうだろう。太平洋のいちばん小さな島にだって、人類全体を積み重ねることができるだろう。

手書き原稿の第一段階では、彼はマンハッタンに人びとを集めることを考えており、次のように書いていた。

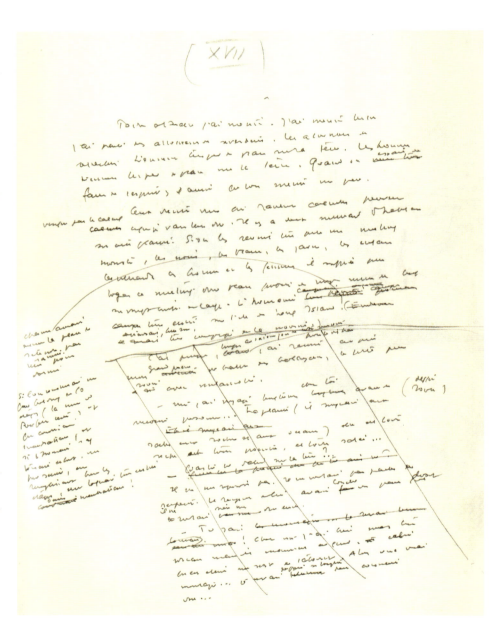

もしマンハッタンが50階建てのビルに覆われて、人間たちがすき間なく立ち並び、これらのビルの全階を埋めつくしたら、人類全体がマンハッタンに住むことができるだろう。

この章すべて：異文の手書き原稿数枚と、未発表の2枚の水彩画。

なだらかな丘

王子さまとバラたちとの出会いの場面が書かれている第20章は、次のように始まっていた。

> なだらかな丘というのは優しいものだ。それは僕たちが知っているいちばん優しいものだ。山はいつも高慢だし、星はしばしば悲しそうだ。けれども丘は愛想がよくて陽気だ。なだらかな丘はいつだっておもちゃに似たかわいらしいもので一杯だ。花ざかりのリンゴの木、ヒツジたち、それにクリスマスのための樅（もみ）の木。王子さまはとても驚いて、なだらかな丘をたどって小股で歩いていくと、とある庭に行き着いた。そして、そこには5千本もの花が……。

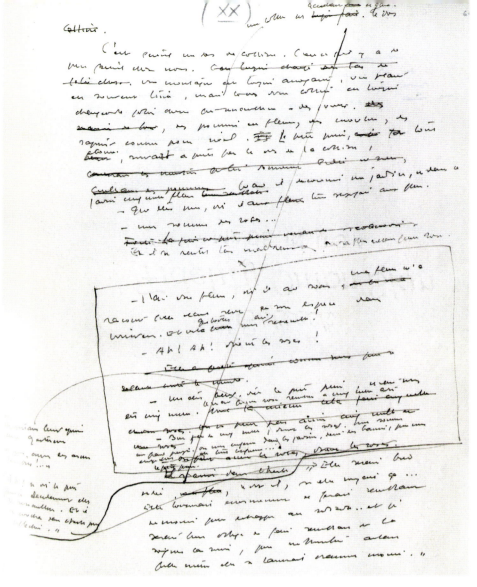

「なだらかな丘というものは優しいものだ。それは僕たちが知っているいちばん優しいものだ」

「『あんたはだれなんだね?』と、男は応じた。『何が欲しいんだね?』
『友だちが欲しいんです』と、王子さまは言った」

夕食の中断

第25章のあとには、次の挿話と、王子さまと商人との出会いが続く予定だった。

　「こんにちは」と、王子さまはあいさつした。
　「あんたはだれなんだね？」と、男は応じた。「何が欲しいんだね？」
　「友だちが欲しいんです」と、王子さま

は言った。
　「わたしたちは顔なじみじゃないからね。自分のところへお帰り」
　「遠いところなんです」と、王子さまは言った。
　「冗談じゃないわよ」と、女は言った。
　「こんなときに人のじゃまをするものじゃないわ」
　「ぼくも食べさせてもらえませんか」と、王子さまは言った。
　「招待されないのに、こんなふうに人の家に押しかけるものじゃないわ」
　「そうなの」と、王子さまは言った。

　それから、彼は立ち去った。

次の場面は、この挿話のいっそう整ったヴァージョンであると思われる。

　「こんにちは」と、王子さまはあいさつした。

　彼は似たような家のなかからひとつを選んで訪れ、食堂の入口に立ったままほほえんだ。男と女が、彼のほうを振り向いて、明るくほほえんで言った。
　「だれなんだい？」と、男が言った。「何を探しているんだい？」
　「腰かけてもいいですか」と、王子さまは言った。
　「あなたのことは知らないからね。自分のところへお帰り」
　「遠いところなんです」と、王子さまは言った。
　「不作法なことなのよ」と、女は言った。「いま、夕食をとろうとしているの。こんなときにじゃまするものじゃないわ」
　「ぼくも食べさせてもらえませんか」と、王子さまは言った。

「招待されないのに、こんなふうに押しかけるものじゃないわ」
「そうなの」と、王子さまは言った。

それから、彼は立ち去った。

「あの人たちは」と、彼は思った。「自分たちが何かを探してるってことさえ知らないんだ」

商人を訪問する

これは、当初、第25章のあとに続くはずだったふたつ目の挿話である。サン＝テグジュペリは、たとえば自由や供給の経済、欲求と時間といったテーマを取り扱いながら、商人の姿を通して消費社会に対する辛らつな批評を準備していた。今後はこの商人はあれこれの丸薬（がんやく）を売るようになるようだ……。

商店で。

「おや、お客がやってきた！」
「こんにちは、それはなんですか？」
「これはね、とても高い道具なんだよ。ハンドルを回せば、地震の音を出すんだ……」
「なんの役に立つんですか？」
「地震が好きな人たちを喜ばせるのに役立つのさ」
「ぼくはそんなの好きじゃないな」
「ふん、ふん、地震が好きじゃないなら、この道具は売れないね。工場も商店も困ってしまうだろうな。ほら、これが心得読本だよ。あんたがこの本をしっかりと読んだら、地震が好きになって、すぐにもわしの道具を買うだろうさ。この本にはかんたんに覚えられるスローガンがいっぱい詰まっているんだ」
「でもそれなら、その本を読ませる道具が欲しいな」
「そんなものはないよ。話を混乱させるだけだ。あんたはとんでもないことを考えつく。道具を好きにならなくちゃいけないんだ。差し出されたものを好きにならなければ、けっして幸せにはなれない。差し出されたものが好きになれば、幸せになれるんだ。それに自由な市民になれる」
「どういうことなんですか？」
「差し出されたものが欲しくなった時にだけ自由に買うことができるんだ。そうじゃないと、混乱を引き起こすことになる。この心得読本を読んでごらん」
「どうして、そんなものを売っているの？」と、王子さまは言った。
「大幅な時間の節約になるのさ」と、商人は答えた。「専門家が計算したんだ。一週間に26分の節約になるんだ」
「じゃあ、その26分でなにをするの？」
「どんなことでも」と、商人は言った。
「ぼくなら」と、王子さまは言った。「自由に使える26分があれば、なにをするかわかりますか？」
「いや、わからないね」と、商人は言った。
「静かに歩いていくんですよ、泉に向かって……」
「なんの得にもならんな」と、商人は言った。

「僕は寛容だから、おとなたちに向かって、自分が彼らの仲間じゃないとは一度も言ったことがない。彼らには自分がいつも心の底では5歳か6歳だということを隠してきた」

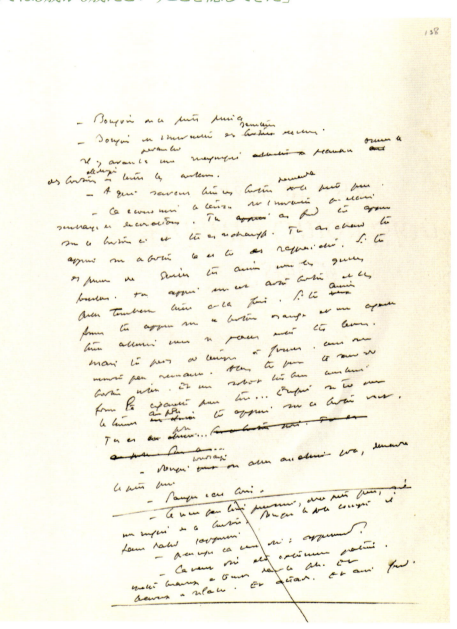

発明家を訪問する

サン゠テグジュペリは、王子さまと他の人たちとの出会いも書いていたが、それらを採用することはなかった。ニューヨークを別にすれば『星の王子さま』にはアメリカへの言及はほとんど見られないが、この「発明家を訪問する」のなかに、彼のアメリカに対する率直な批評を読み取る必要があるだろう。

　「こんにちは」と、王子さまはあいさつした。
　「こんにちは」と、電動召使を作る発明家は答えた。
　彼の前には巨大なボードがあり、さまざまな色の電動ボタンが並んでいた。
　「この全部のボタンはなんの役に立つんですか？」と、王子さまはたずねた。
　「時間の節約になるんだよ」と、勲章を飾り立てた発明家は答えた。「君が寒ければ、このボタンを押せばいい。すぐに暖かくなるよ。暑ければ、そっちのボタンだ。今度は涼しくなる。ボーリングをやりたいなら、ピンが倒れるのを見たいよね。この別のボタンを押すと、ピンが全部同時に倒れるのさ。タバコが吸いたければ、このオレンジ色のボタンだ。火のついたタバコが口元に差し出される。だがね、タバコを吸うと時間の無駄になる。一週間に110分だ。そこで、この紫色のボタンが役に立つ。高性能のロボットが君の代わりにタバコを吸ってくれるというわけだ……それに、もし北極へ行きたければ、緑のボタンだ。するとすぐにも北極だ……」
　「でも、どうして北極へ行かなくちゃいけないの？」と、王子さまはたずねた。
　「遠いところだからさ」

54

次の文は削除されている。

　「ぼくにとっては、遠くないです」と、王子さまは言った。「このボタンを押すだけでいいんなら。それに北極が大事になるためには、まず手なずけなければいけないよ」
　「手なずけるって、どういうことだい？」
　「とてもがまんづよくなるってこと。北極で長い時間を過ごすんです。ずっと黙ったままで」

結論

最後に、サン＝テグジュペリは『星の王子さま』に結論を書いていたが、それを残さなかった。

　僕は寛容だから、おとなたちに向かって、自分が彼らの仲間じゃないとは一度も言ったことがない。彼らには自分がいつも心の底では5歳か6歳だということを隠してきた。彼らに対しては自分の絵も隠してきた。でも、友だちには見せたいと思う。それらの絵は僕の思い出なのだ。

世界中の『星の王子さま』：翻訳

270を越える言語と方言で読むことができ、さまざまなアルファベット26文字に書き換えられた『星の王子さま』は、2,000の言語に翻訳されたという絶対的な「記録」をもつ聖書に次いで、世界でもっとも翻訳された文学作品である。『ハリー・ポッター』でさえ、彼のどんな魔法にもかかわらず、それを上回ることはなかった。J・K・ローリングの小説は、およそ60の言語「だけ」に翻訳されたに過ぎない。とはいえ、実際に読むことができるおよそ600の版、そして3,000万部とも8,000万部ともいわれている販売部数を正確に調査することは、不可能なことである。

サン=テグジュペリのテクストは、1947年、まず初めにポーランド語に翻訳された。それから1990年までは、10年ごとにおよそ20の新訳が刊行された。それ以降は、平均して2倍に増えた。この作家の生誕100周年の年である2000年には、毎月新しい翻訳が出されている。ヨーロッパのさまざまな地域語に対する関心が、これらの翻訳数の増加をさらに促した。1950年代半ばまで、主として西ヨーロッパや北ヨーロッパに広められた『星の王子さま』は、その後アフリカやアジア、特に日本へと広がっていった。また、東欧諸国でも、旧ユーゴスラビアのように、国が分裂する前に、多種多様な翻訳が出版された。今日では、アムハラ語（エチオピア）からダーリ語（イラン）まで、アマジグ語（モロッコ）からカンナダ語（インド）まで、あるいはケチュア語（ペルー）からウルドゥー語（パキスタン）まで、そしてエスペラント語に至るまで、きわめて多様な言語に及んでいる。もちろん「海賊版」も忘れてはならない。西洋の法律では偽造品として罰則の対象となるにもかかわらず、海賊版も『星の王子さま』の読者層を広げることに貢献した。

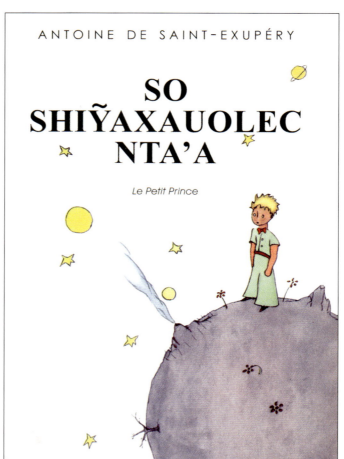

翻訳者たちは、しばしば言語の面だけではなく文化の面でもいくつかの壁に突き当たっている。2005年には、トバ語訳の『星の王子さま』が出版された。アルゼンチン北部の原住民社会でもともと使われているトバ語では、「王子」というものの概念が理解できない。それに反して、王子さまとキツネやヘビとの会話は、完全にトバ人の世界観の一環をなしている。アマジグ語への翻訳に取り組んでいるモロッコの翻訳者に関していえば、「街灯」や「ネクタイ」といったことば、あるいは退屈や不合理などの観念に対応することばを探し当てようとして、彼は深刻な困難に直面したのである。

左：トバ語訳の『星の王子さま』、2005年。

右頁、左上から右回りに：

韓国語版、2003年。

ロンバルディア語ベルガモ方言版、2000年。

ケチュア語版、2002年。

ベルベル語族アマジグ語の教科書版、2005年。

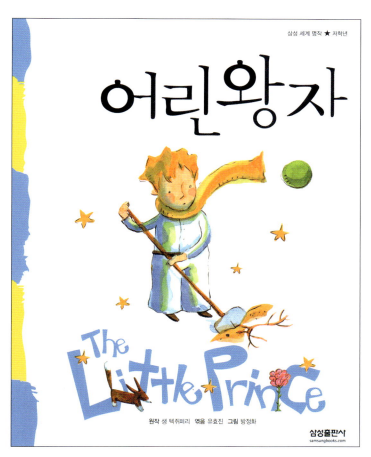
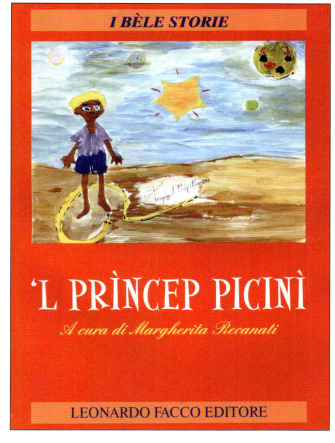

世界中の『星の王子さま』：表紙の絵

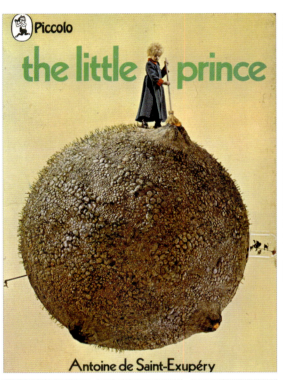
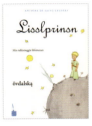 

『星の王子さま』のいくつかの外国版は、サン=テグジュペリのイラストからちょっと予想外のものを選択している。大部分の表紙の絵は、この本でもっとも有名なふたつのデッサンを使って王子さまを強調している。それは、ポケットに手を入れて小惑星B612の上に立つ王子さまと、マントをまとい手に剣を持った全身像の王子さまである。他のいくつかは、野鳥の群れに運ばれて飛び立っていく王子さまを表紙に載せている。しかし、これらの伝説ともなった有名な場面には多くの変更がほどこされている。惑星の色や王子さまのズボンの色はいつも同じものではないし、星々や惑星が背景に描き加えられたり、王子さまのシルエットが見違えるほどに変えられたりしている……。本文にあるいくつかのデッサンに改変がなされている場合もある。

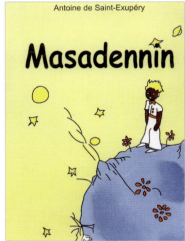 

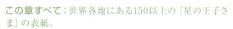

この章すべて：世界各地にある150以上の『星の王子さま』の表紙。

   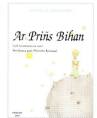 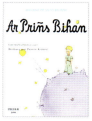  

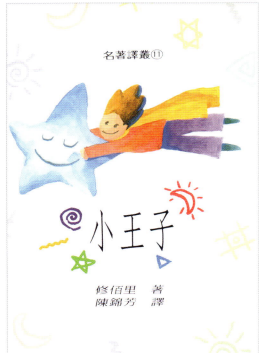 

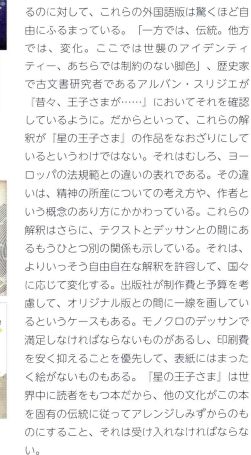

ヨーロッパで出版された翻訳がサン＝テグジュペリの作品をできる限り尊重しようと努めているのに対して、これらの外国語版は驚くほど自由にふるまっている。「一方では、伝統。他方では、変化。ここでは世襲のアイデンティティー、あちらでは制約のない脚色」、歴史家で古文書研究者であるアルバン・スリジエが『昔々、王子さまが……』においてそれを確認しているように。だからといって、これらの解釈が『星の王子さま』の作品をなおざりにしているというわけではない。それはむしろ、ヨーロッパの法規範との違いの表れである。その違いは、精神の所産についての考え方や、作者という概念のあり方にかかわっている。これらの解釈はさらに、テクストとデッサンとの間にあるもうひとつ別の関係も示している。それは、よりいっそう自由自在な解釈を許容して、国々に応じて変化する。出版社が制作費と予算を考慮して、オリジナル版との間に一線を画しているというケースもある。モノクロのデッサンで満足しなければならないものがあるし、印刷費を安く抑えることを優先して、表紙にはまったく絵がないものもある。『星の王子さま』は世界中に読者をもつ本だから、他の文化がこの本を固有の伝統に従ってアレンジしみずからのものにすること、それは受け入れなければならない。

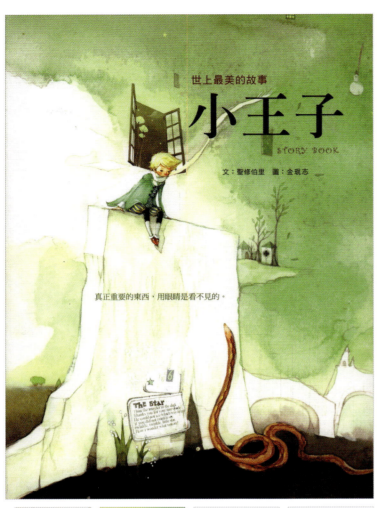

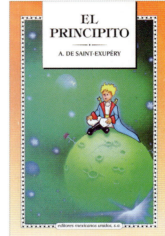

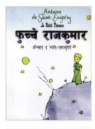
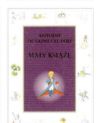

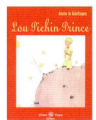

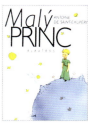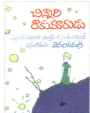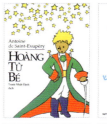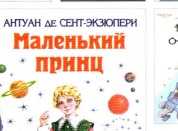

受容と批評

『星の王子さま』出版の際、大部分の文学批評は熱狂的に迎え入れたが、一部には戸惑いもあった。サン=テグジュペリがレオン・ヴェルトへの献辞においてほのめかしたように、この本は子ども向けの物語なのだろうか？　あるいは、むしろこの物語のなかに、実際には成人向けで、「おとなたち」に理解できるような神秘的な意味をもつ哲学的コントを見るべきなのだろうか？　いずれにしても、サン=テグジュペリがこの作品の冒頭で想い出させたように、おとなたちは「初めは子どもだったのだ」。たとえ彼が「そのことを覚えている人はほとんどいない」と、急いで付け加えたにしても。

「この作品は……、もっとも斬新な子ども向けの数ある本のなかの一冊だ」
ポール・ボダン『コンバ』

ドイツの哲学者マルティン・ハイデガーは、1949年に出版された『星の王子さま』のドイツ語版のカバーに、これは今世紀でもっとも重要なフランスの本であると書いている。他方で、ジャン=フランソワ・ルヴェルの冷淡な言葉は、われわれにはとうてい受け入れられない。この作品に関して、1965年、この哲学者・作家・ジャーナリストは、「叡智のふるまいを見せる操縦席での愚かさ」をあげつらい、サン=テグジュペリの手にかかると、「冗漫で愚かな言動も地上から離陸させれば、深遠な哲学的真理となるのだ」と言っている……。

「『星の王子さま』、それはサン=テグジュペリその人である——彼がかつてそうであった子ども、そして彼がおとなになってからもそうであった子ども、それは彼が持ちえたかもしれない息子、彼がおそらく欲しかった息子である。それはまた慣れ親しみ、姿を消した若い仲間でもある。それは彼の幼年時代、人びとの幼年時代であり、最愛の砂漠のなかで見つけ取り戻された豊穣な優しさである」
アドリエンヌ・モニエ『銀の船』発行者

「子どもたちが愛している［……］伝説上の人物たちのひとり」
イヴェット・ジャンデ
『レ・ヌーヴェル・リテレール』

「この本の絶妙なところは、あれほど入念にまた思いやりをもって、この王子さまを創造したことである。だからこそ、王子さまは、若い読者にとって、また幸いにも未だ無理解なおとなの仲間に加わっていない人たちにとって、身近で親密な存在になったのだ。彼の知恵は深いが壊れやすいので、私たちの支えと同時に保護を必要としている」
ロベール・カンテール『ラ・ガゼット・デ・レットル』

「子ども向けの物語、あるいはさらにいっそう、この作者が明示しているように、私たちがかつてそうだった子どもに向けられた物語、詩情に満ち溢れ、善良で賢明で創意に富んだ物語」
クララ・マルロー
『ペイザージュ・ディマンシュ』

「この魅力的な作品は、[おとなたちには] 感動なくしては [読まれないだろう]」
ルイ・パロー
『レ・レットル・フランセーズ』

「一見、ありふれた子ども向けの物語と思わせるようなおとな向けの寓話。[……] それ自体でとても美しいこの物語は、愛情あふれる詩的哲学を内に秘めている。[……] その想像力の飛翔によって、この本は他のもっとも優れたどんなおとぎ話とも同様に子どもたちの心を捉えるだろう。光あふれる澄みきった水彩画は、風、星、飛行といった壊れやすい空気のような織物をなしている」
ベアトリス・シャーマン『ザ・ニューヨーク・タイムズ・ブック・レヴュー』

「子どもたち、彼らこそが王子さまとパイロットの美しい物語を理解でき、彼らこそがそこから受ける控えめな真の感動に心を震わせるだろう。そして、心地よい教訓話であるこの冒険に添えて、素朴だがすばらしい筆致でほとんど各ページに描かれたデッサンに感動するだろう」
エミール・カドー『タン・プレザン』

「かくして、子ども向けの小さな本の、シンプルで明快だが、深い意味があり、不思議な響きに富んだテクストのなかに、アントワーヌ・ド・サン=テグジュペリは、彼の気高く平静なモラルについてのあらゆる重要な教訓を封じ込めるのに成功したのだ。それは、この時代に生きるひとりの人間が他の人びとに提示したもっとも高貴なモラルである [……]」
ティエリー・モーニエ

「『星の王子さま』は、子ども向けの本に求められる3つの基本的な性質をはっきりと兼ね備えている。それはもっとも深い意味における真実であり、あれこれ説明をせず、ひとつのモラルを持っているということだ。ただ、この特別なモラルは、子どもよりはむしろおとなに向けられたものではあるけれど」
パメラ・リンドン・トラヴァース『メリー・ポピンズ』の作者

「雲や星、たえず姿を変える砂丘、月世界のような谷間に取り憑かれた旅人である [サン=テグジュペリ] は、実際、あらゆる操り人形のような人びとや、あらゆる人生の象徴に出会ったのだ。[……] 彼は有名になり、歓迎された。しかし実際には、彼はこの惑星からバラのもとへと帰ったわけではなかった。彼の目には、いつも星辰の光が映っていた。戦時のある日、彼は砂漠の上へ、水の砂漠の上へとふたたび出発した。今度こそは、二度と戻って来なかった。彼は姿を消したのだ、小さな王子さまのように」
ポール・ブランギエ『エル』

「サン=テグジュペリが成功したのはここにおいてである。この本文にあるデッサン第二号 (ゾウを消化している大蛇ボアを描いたデッサン) を前にして、「帽子の絵だ」と答えたまじめな人びとは皆、おそらくまだ絶望することはない。彼らは自分を改善することができる。彼らに猶予を与え、ブリッジもゴルフも政治もネクタイの話もせず、大蛇ボアや原生林や星について彼らに話すことはできる。しかし、もし彼らがこの本を読み進めても泣きたい気持ちにならなかったら、もし彼らが限りなく優しいユーモアを避けてしまうとしたら、もはや彼らからなにも期待できるものはない。彼らは、幼年時代と呼ばれる彼ら自身のこの永遠の部分を失ってしまったのだ」
ピエール・ブタン『パロール・ヌーヴェル・フランセーズ』

右：1943年4月、『星の王子さま』の広告が日刊紙『ザ・ニューヨーク・タイムズ』に登場した。その広告はユーモアを交えて、あれこれの批評において、意見が折り合わないという点で……見解が一致したと述べている。子ども向けの物語であると主張する人びともいれば、おとな向けの本だという人びともいるのだ。「おそらく、あなた方自身でその本を読んだほうがいいだろう」と、折込み広告は、まったく達観した賢明なことばで締めくくっている……。

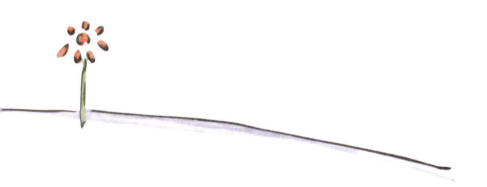

第4章
『星の王子さま』の世界

パイロット

　パイロットは『星の王子さま』において、特異な位置を占めている。彼はふたりの主役のうちのひとりであり、この物語の語り手でもある。パイロットがいなければ、そして砂漠に不時着せざるを得なかった飛行機の故障がなければ、私たちは王子さまの存在を永遠に知ることがなかっただろう。パイロットはまた、私たちがけっして見ることのできないただひとりの登場人物でもある。それは彼が語りのことばを通してのみ存在しているからだ。彼は自画像を描かなかったので、私たちは彼がどんな顔立ちなのかわからない。彼は自分の飛行機も描かなかった。「飛行機の絵は描かないつもりだ。僕にはむずかしすぎるんだ」と、パイロットは第3章で述べている。それはまるでサン＝テグジュペリが実物に似た絵を描くことの難しさについてよくこぼしていた愚痴の反響のようである。

　私たちはパイロットについて多くのことは知らない。わかっているのは、ごく幼い頃、紙に書いた帽子が帽子ではなく大蛇に呑みこまれたゾウであるのを「おとなたち」に理解されず、彼が失望して絵を断念したことだけである。この苦い経験から、彼は飛行機の操縦を学ぼうと思うに至った。これはおそらくそれほど悪いことではなかった。このパイロットの仕事のおかげで、彼や読者は王子さまと出会うことができたのだから。この職業はまた彼を地理に馴染ませることにもなった。それはパイロットには大いに助けとなる。「ひと目見ただけで、中国とアリゾナを見分けることができたんだ。夜間に航路を見失ったときには、これはとても役に立つよ」

　語り手／パイロットとサン＝テグジュペリは驚くほどよく似ている。どちらも飛行機の操縦士であり、故障で砂漠に墜落し、いつもできばえに満足したわけではないにしても絵を描くことを楽しみとし、おとなたちには失望させられた。「ずいぶんとおとなたちの間にまじって生活もしてきた。間近から、彼らを観察することもできた。それでも僕の考えはたいして変わることはなかった」と、パイロットは告白している。『星の王子さま』の初稿では、サン＝テグジュペリはさらにこの類似性を次のように補強していた。「ぼくは何冊か本も書いたし戦争もした」。おそらく彼の眼には自伝的側面があまりにも強いと感じられたのだろう。のちに彼はこの文章を削除している。そして生涯のさまざまな時期におけるアントワーヌ・ド・サン＝テグジュペリと同じように、語り手も孤独に苦しんだ。「こんなふうに、6年前、サハラ砂漠に不時着するまでは、ほんとうに心を許して話し合える友人もなく、僕は孤独に生きてきた」と、彼は第2章で説明している。

　ふたりの出会いは王子さまにとって重要であるが、パイロットにとってもそれは変わらない。たがいに相手を友と認め、それぞれの孤独と縁を切る。王子さまのおかげで、パイロットは久しく奪われていた絵を描く喜びを取り戻す。パイロットにとって、王子さまは彼の分身としてあらわれる。はるか昔、自分がそうだった子どもであり、また彼の記憶から消えてしまっていた子どもとして。王子さまは、パイロットに少年時代を思い出させるもうひとりの彼自身である。彼によって、語り手の屋敷や子どもの頃のクリスマスの思い出が突然よみがえる。それになにより、パイロットは、おとなたちとは違って、外観の背後に隠された真実を捕えるために、物事の本質に注意を払うことを可能にする感受性の片鱗をいまだ保持している。もし彼が6歳の頃、王子さまに大蛇に呑みこまれたゾウの絵を見せたとしても、きっと王子さまはそれを理解したことだろう……。

章扉：王子さまは砂漠の一輪の花のそばで寝そべっている……。

右頁：王子さまとハンマーを手にしたパイロットの予備用の絵（1942年）。

王子さま

王子さまはひとつの神秘である。砂漠の真ん中で、彼は魔法のように、遭難したパイロットの前に突然あらわれた。「まるで雷に打たれたみたいに、僕は飛び起きた」と、パイロットは語る。「目をよくよくこすってみた。しっかりと見つめた。で、そこに見えたのは、とても風変わりで小さな男の子が深刻な顔をして、こちらをじっと見ている姿だった」。パイロットが彼を「びっくりして目を丸くして」見ているとしても、驚くことはない。パイロットは彼がどこから来たのかがわからないのだ。──のちになって彼の生まれた星、小惑星B612の存在を知ることになる。とりわけ、パイロットは、そして彼と共に読者も、「途方に暮れているふうでもなく、疲労や、飢えや、渇きや、恐怖で死にかけている」ようにも見えない、「なんとも言えないかわいい声」をした「小さな男の子」が、どうしてこんなに人の住んでいるところから遠く離れたところにたったひとりでいるのだろうと不思議に思う。パイロットはといえば、冒険や孤独には慣れている人間だが、「かろうじて一週間分の飲み水」だけで自分は生き延びて行けるのだろうかと心配していたのだ。

王子さまにとっては、「おとなたち」の生活や世界こそが謎を作り出している。発見すべきことがあまりにもたくさんあるので、彼は絶え間なく質問をする。そしてパイロットからひとつの答えを得るまでけっしてあきらめない。新しい友人がどうにかこうにか描き終えるまで、王子さまは彼に一匹のヒツジを描いて欲しいと5回もやり直しをせがむことになる。サン=テグジュペリの物語について研究書を書いた、デルフィーヌ・ラクロワとヴィルジル・タナズのことばによると、身の丈は小さいが、好奇心は限りなく大きい王子さまは、「気高い心を持ち、並外れた感性を備えた」子どもだ。彼は「勇敢で、人を信用しやすく、誠実で、辛抱強く、洞察力がありそして聡明で、好奇心が強くて直観力がある」

自己と真理を探し求めて、彼はすべてを知り、すべてを理解し、すべてを学びたいと思う。知恵と無知とを合わせもった彼は、論理や推論を組み立てる能力を駆使して、素朴であったり複雑であったりする問いかけを投げかけるかと思えば、また黙り込んだりする。人生の謎を解き明かそうと、彼は通りすがりの出会いに期待する。「このモノはなんなの？」語り手の飛行機を見ながら彼は言う。「崇拝するってどういう意味なの？」と、彼はうぬぼれ屋にたずねる。「指令ってなんなの？」と、街灯の点灯夫にたずねる。けれども彼が得た答えは、彼をいつも満足させるわけではなかった。それらの答えを得るたびに、彼は出会う人びとに対して奇妙だという思いをいっそう強く抱くだけだった。夕陽の光景を前にすると憂鬱な気分になる彼は、しばしば謎めいた意味を帯びた普遍的な考えを口にする。そうした考えはむしろおとなに対して期待されるものだ。「人間たちには想像力が欠けている。人の言ったことをくりかえすばかりだ」と、彼は第19章で指摘している。数頁先で、彼は転轍手にこう説明する。「子どもたちだけが、自分が何を探しているのか知っているんだね」

秘儀を授かり、地球での滞在を終える頃には、王子さまは多くのことを学んでいるだろう。それは彼の友人であるパイロットや読者も同様だ。デルフィーヌ・ラクロワとヴィルジル・タナズは書いている。「人はそれぞれ、地理や、歴史や、算数あるいは文法の教科書のなかではなく、子ども時代の思い出のなかにある真理を探さなければならない［……］と登場人物は私たちに教えている。その真理は、世界を発見し、自分自身のうちに潜んだ隠れた力を見出す永遠の子どもの心のなかにある。創造力を持つ子どもこそが、目に見えるしるしの背後に隠れている見えないしるしを読み取ることができるのだ」。王子さまの謎は、確かに、完全に解明されることはないだろう。しかし、このふたりの登場人物のように、私たちのだれもが、物語を読み始めた頃の自分よりもずっと大きくなって、またより豊かな真理や教訓を身につけて、ふたたび歩み始めることだろう。そして、これこそが大切なことなのだ。ご存じのとおり、いちばん大切なものは目には見えない……。

69

キツネ

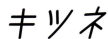

「そのときだった、キツネがあらわれたのは」。この実に簡潔な文章で、第21章はサン＝テグジュペリの物語の鍵となる人物を紹介している。キツネはグーピル（古狐）の子孫であり、中世から文学において、とりわけ『狐物語』のなかでこの動物の形跡が見られる。キツネはまた、サン＝テグジュペリがキャップ・ジュビーで、砂漠に滞在していたときに飼い馴らしたフェネックの子孫でもある。

キツネは、まったく見知らぬ惑星にひとりぼっちでいた王子さまを救い出すことができた相棒というより、それ以上に、彼のそばで教導者として、また心の導き手としての役割を果たす。キツネは王子さまにとって大切なものとなることば、その意味のすべてが友情を指し示すことばを彼に教える。すなわち「手なずける」と「しきたり」である。「もし君がおれを手なずけてくれたら、おれたちはお互いが必要になるんだよ。君は、おれにとって、この世でただひとりの少年になるだろう。おれも、君にとって、この世でただ一匹のキツネになるだろう」と、キツネは説明する。パイロットにあの有名なお願いをした王子さまと同じように（「お願いです……ヒツジの絵をかいて！」）、キツネは王子さまに自分の願いを伝える。「ねぇ……手なずけておくれよ！」王子さまはこの教えをしっかりと心に刻むことになる。「他の10万匹ものキツネと変わりないキツネにすぎなかった。でもぼくが彼を友だちにしたから、いまはこの世でただ一匹のキツネなんだ」

キツネは王子さまにしきたりの大切さも教える。「しきたりがあるから、一日がほかの日々とは違ったものになるのさ。一時間が他の時間とは違ったものになるんだ。［……］たとえば、もし君が午後4時に来るなら、3時には早くも、おれは幸せな気分になるだろう。［……］でも、もし君が時刻をかまわずやって来たら、おれはいつ心の準備をすればいいのかわからない……しきたりってものが必要なんだ」。ついに別れの時が来ると、彼は王子さまに人生でもっともすばらしい教えを与え、自分の秘儀を打ち明ける。うわべではなくものの本質を観ることを教えるのだ。「お別れだね。と彼は言った。これがおれの秘密なんだ。とてもかんたんなんだよ。心で見なくっちゃ、よく見えない。いちばん大切なものは目に見えないんだ……」

ヘビ

あらゆる難問を解決できるヘビは、自分の故郷ではない惑星にいる王子さまの虚弱さに気づき（「君を見ているとかわいそうになってくる、この花崗岩の上ではとても弱そうだし」）、彼にとって重要な役割を果たす。王子さまが一種の殻にすぎない肉体という覆いを脱ぎ捨てて、自分の星に還ることができるようにと、ヘビは毒を使って王子さまを手助けする。デルフィーヌ・ラクロワとヴィルジル・タナズが指摘して言うように、王子さまとヘビは「互いに手なずけ合った友だちではなく、彼らは直感的に、超自然的な英知によって知り合う。彼らは秘密を共有してはいないが生と死の謎を分かち合っている」

『星の王子さま』のなかで、私たちは3度ヘビに出くわす。まず初めは、語り手が子どものときに読んだ「ほんとうにあった話」という本のなかに描かれている猛獣を呑みこむ大蛇ボアで、語り手が記憶をもとにそのヘビを復元している。

次に私たちが出会うのは、この本を読んだあと、語り手が自分で書いた大蛇ボアである。残念ながら、まったく何も理解しないおとなたちは、それを帽子だと思った。想像力の乏しいおとなたち！ 実際は、語り手は「ゾウを消化している大蛇ボア」を描いていたのだ。おとなたちのこの洞察力の無さを前にして、彼らに何度も説明を繰り返して自分の時間を失うよりも、語り手はパイロットになる方を選んだ。

最後は、王子さまが地球に着いたとき、彼に会いに来たヘビがいる。物語の主人公の目には、それは何の価値もないもののように見えた。彼はヘビを「指のように細い奇妙な動物」と思い、「そんなに強くない」と見なす。しかしこのヘビは、王子さまを遠くへ「船で運ぶよりも遠くへ」運ぶことができると彼に教え、「おれが触れたものは、大地へ、もといた場所へと、還してやるのさ」と、彼のくるぶしに巻き付く。王子さまは幸いだ。彼は地球の大地からきたのではなくある星からやってきたのだから……。

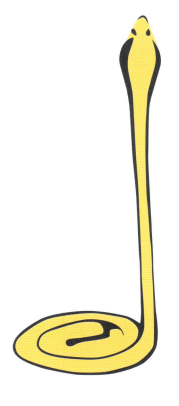

バラ

バラ無くしては、アントワーヌ・ド・サン=テグジュペリの物語はけっして存在しなかっただろう。事実、バラがいなければ、王子さまは地球に来ることもなければ、語り手と出会うこともなかっただろう。

王子さまがバラを見て、「あなたの美しいことと言ったら！」と叫んだあの日の朝から、すべてはふたりの間で始まった。バラは美しいだけではなく、心を揺すぶられるほどに魅力的だった。彼女は思いやりや「穏やかな優しさ」を示すことができた。けれども親しみやすい性格ではなかった。彼女はよく不満を言い、風を嫌ったが、それは植物にとっては不都合なことだった。お洒落で、高慢で、浮気っぽく、見栄っ張りに至るまで、とかく横柄なたちの彼女は男女の関係の難しさを象徴している。

ある日、彼女の小言や気まぐれにうんざりし、いわれのないことで悔やんだり彼女のせいで苦しんだりすることに嫌気がさした王子さまは、自分の星を離れようと決心する。「こういうわけだから、たとえ心から愛していても、王子さまはたちまち彼女のことを疑うようになった。なんでもないことばをまじめに受け取って、それでたいそう苦しんだ」と、語り手は説明する。

地球の旅において修行を積んだ彼は、自分の愛がどれほど強いかがわかるようになった。彼はやがて彼のバラは唯一のもので、かけがえのないものだと理解するようになる。彼は、自分が若すぎて、経験が足りなかったせいであんな間違いをしてしまったことに気づく。「あのころ、ぼくはなにもわかっていなかった！」と、彼は愛惜の念を込めてパイロットに語る。

「ことばではなくて、ふるまいで彼女を理解すべきだったんだ。彼女はぼくに、いい香りと明るい光を振りまいてくれた。ぼくは逃げ出してはいけなかったんだ！　その見え透いた企みの裏に、優しさが潜んでいることに気づくべきだった。花というのはどれもこれも、言うこととすることが裏腹なんだ！　でも、ぼくはまだ小さすぎて、彼女を愛するにはどうすればいいのかわからなかった」。そして、キツネとの対話によって、ついに自分のバラの大切さを確信した王子さまが地球を去るのは、まさにバラと再会するためである。「君は、自分が手なずけたものに対して、いつまでも責任があるんだ。君は、君のバラに対して責任があるんだ……」と、キツネは王子さまに説明した。

ヒツジ

「お願いです……ぼくにヒツジの絵をかいて！」
『星の王子さま』の本を一度も開けたことがない人たちでも、この本を象徴するこの一文は知っている。何枚かの自分の絵に、望み通りの表現を与えることができないサン゠テグジュペリのように、パイロットも新しい友だちの期待を満足させることはできなかった。彼が描いたヒツジは年を取り過ぎていたり、病気にかかっていたり、乱暴な牡ヒツジのようだったりした。彼は中にヒツジが入っている箱を描くことで難局を切り抜ける。読者はそのヒツジを見ることはできないが、王子さまのように外見を越えて真実を見ることができさえすれば、ヒツジを想像することはできる。けれども王子さまのバラを食べてしまうかもしれないヒツジは、とても危険なので、そばで監視していなければならない。そこで、パイロットは革帯でヒツジをつないでおく案を出した。サン゠テグジュペリは、このようして自由のテーマを取り上げ、愛する人びとや手なずけたものを守る必要性に今一度触れている。たとえ時にはこの自由を束縛しなくてはいけないとしても……。

トルコの天文学者

トルコの天文学者は、すべての天文学者と同じように、たいへんまじめな男である。しかし、彼が国際学会で小惑星B612の発見を発表しようとしたとき、伝統的な衣装を着ていたために、だれからもまじめに取り合ってもらえなかった。彼にとっては幸いにも、「トルコの独裁者が、違反すれば死罪に処するとのふれこみで、国民にヨーロッパ風の服を着るよう布告を出した」その日に、事態は好転した。そこで1920年にもう一度学会発表をしたとき、「彼の意見は満場一致で認められた」。この登場人物は物語のなかで唯一歴史的事実に基づいている。ムスタファ・ケマル・アタチュルクは、共和国建設の3年前、1920年にトルコの国民議会で大統領に選ばれ、トルコ帽の着用を禁止し、ヨーロッパ風の服装を取り入れるよう国民に命じた。この天文学者は、他国——西洋諸国と推測される——から来た同僚たちの偏見の犠牲者である。彼らは学者の専門知識についてではなく、相違点において彼を判断する。つまり彼らのまなざしは、彼が彼らと同じ服装をするときに変わるだろう。この登場人物が、おそらくトルコにおける『星の王子さま』の人気の高さを説明しているのだろう。彼は、トルコで、国家のアイデンティティーを示す象徴と見なされている。

王様

ここにいる王様はおかしな王様だ。すべての君主と同じように、彼は自分の臣下に従われることを好む。ところが困ったことに、彼は自分に従う臣下を持っていない。というのも彼は、しばしば夜中に彼を起こす一匹のネズミは別にして、小惑星B325にひとりで生きているのだ。そこで、彼は太陽やあるいは星々に命令を出すはめになる。というわけで、王子さまが彼を訪ねて来たとき、王様は有頂天になる。ついに、命令を下せる者が来たのだ！　これは機転のきく王様だ。なぜなら、彼は従うことのできる「道理にかなった」命令しか出さないように心がけているからである。彼はまたある種の叡智を示す哲学者でもある。彼は王子さまに、他人を裁くよりも自分自身を裁く方がいっそう難しいと説明する。しかし彼の権力の行使はばかげている。それは、彼が、ネズミを別にすれば裁く人間がだれもいないのに、法務大臣にならないかと王子さまに提案するからである。「おとなたちってずいぶん不思議な人たちだ」と、王子さまは旅路を再開しながら結論を下す……。

うぬぼれ屋

小惑星B326にはひとりの奇妙な人物が住んでいる。彼は自分のことを、この星で「いちばん美男子で、いちばん身だしなみが良くて、いちばん金持ちで、いちばん頭が良い」と思っていた。彼は帽子をかぶり、崇拝者たちが賞賛しに来たら、あいさつするためにそれを持ち上げようとしていた。だが残念ながら、彼にあいさつをする人も崇拝する人もまったくいなかった。なぜなら彼は小惑星B326にひとりで住んでいるからだ。彼の人生はなんと哀れなんだろう！王子さまは、崇拝するということばの意味がわからないのに、おもしろがって、彼を喜ばせるためにきちんと崇拝しようとする。教訓「おとなって、ほんとうにおかしな人たちだ」と、王子さまは結論を下す。読者はご安心を。実在の人物とそっくりなのは、もちろん単なる偶然の一致にすぎません。虚栄と名づけられたこの奇妙な病にかかる恐れがあるのはあなたではありませんから……。

呑んべえ

小惑星B327に、男がひとりで座っている。というよりむしろ、実際にはひとりではない。彼のまわりにはたくさんの瓶がある。中身が空のものもあれば、まだ入っているものもあるが、それもじきに空になってしまうだろう。赤い鼻をし、帽子を斜めにかぶった呑んべえは何をしているのだろう？　もちろん、彼は酒を飲んでいる。酒を飲む恥ずかしさを忘れるために飲んでいる。ここには確かに気分を憂鬱にさせるものがある。それに、今回の出会いで王子さまは「すっかり憂鬱に」なってしまい、まったく途方に暮れてしまう。彼は呑んべえを助けたいと思うが、どうしてよいかわからない。人間たちと王子さまとの仲を取り持つのは、こんな奇妙な人物ではない。「おとなって、ほんとうに、まったくもっておかしな人たちだ」と、王子さまは別の惑星に移る前に結論を下す。

ビジネスマン

ビジネスマンは、天文学者と同じくまじめな人間だ。おまけに彼は、小惑星B328に足を踏み入れたばかりの王子さまに、自分はまじめだと繰り返し言い続ける。「おれはまじめなんだ、おれには、無駄話をしているひまはないんだ！」彼は、空の星を、この「怠け者を夢見ごこちにさせる黄金色の小さなもの」を何度も何度も数え上げて日々を過ごしている。次にビジネスマンは、自分が所有している星の数を紙に書いて、その星を銀行に預けている。王子さまはそうしたことはすべて、あまりまじめだとは言えないと思っている。なぜなら星はビジネスマンにとってなんの役にも立っていないからだ。王子さまは一輪の花を手に持ち、マフラーを首に巻いて散歩することができるのに、ビジネスマンは星をつかまえることさえできないのだから。それに星はビジネスマンを必要としていない。王子さまは、毎日水やりをしている花と、毎週すす払いをしている3つの火山の世話をしている。「僕がそれらを持っていることは、火山にとって役立っているし、花にとって役立っている。でもあなたは、星の役に立っていない……」と、王子さまは彼に言う。初稿では「所有者」と呼ばれているこの登場人物は、商売、お金、そしてビジネスに対してサン＝テグジュペリが抱いている生来の不信感を表している。

街灯の点灯夫

この人物は、王子さまがこれまでに出会った人びとに似ていない。彼は、指令が求める通りに、とても小さい惑星B329にあるただひとつの街灯に、火を点けたり消したりする任務を負っている。一見簡単そうな仕事だ。だが実際は苦役である。というのも、小惑星はだんだん早く回転するようになり、1分で1回転するため、もはや彼には1秒のゆとりもないからだ。それで哀れな点灯夫は、眠ることがとても好きなのに、苛立ってへとへとに疲れている。彼の生活をばかげていると思う人びとがいるかもしれない。あの王様、うぬぼれ屋、呑んべえ、ビジネスマンならたぶん彼のことを軽蔑するだろう。でも王子さまはそうではない。「それは、たぶん、あの人が自分以外のことに専念しているからだ」。そして「彼が街灯を灯すとき、それは星をもうひとつ、あるいは花をもう一輪、生み出すようなものだ」。もし点灯夫の星がもう少し大きかったら、彼は王子さまの友だちになることができたかもしれない。そして王子さまは、24時間のうちに1,440回も夕陽に見とれることができただろうに……。

地理学者

地理学者は、サン=テグジュペリと同じように何冊も本を書いている。それらは学識あふれた地理の書物で、彼はそのなかに海、川、町、山や砂漠の調査目録を作成している。しかし、彼は自分が述べていることについて何も知らない。というのは、世界中を駆け巡って人生を過ごしてきたサン=テグジュペリと違って、彼はけっして自分の机から離れようとしないのだ。地理学者は、探検家たちの観察や回想を1冊の本にまとめているにすぎない。彼は自分がいる小惑星B330について何も知らないし、生命についても理屈だけの理解しかできない。けれども彼はビジネスマンと同様に、自分のことを実に過大評価している。「地理学者はとても偉いから、出歩いたりはしないのだ」と、彼は言う。彼は探査することを探検家たちに委ねている。けれども探検家がいなければ、彼は何者でもなくなるだろう。この登場人物は王子さまの人生において決定的な役割を果たす。彼は、王子さまの花ははかないものであると教え、地球を訪ねてみるよう勧めるのだ。

砂漠の花

地球に着いて、ヘビと短いやり取りをしたあと、王子さまは砂漠の横断を始める。するとそこで、彼は「花びらが3枚だけの花、なんともつまらない花」に出会う。王子さまはその花に、人間たちはどこにいるのかとたずねる。花は人間たちのことをあまり知らない。花は人間たちは「6、7」人はいると思っている。何年も前に、花は人間たちを見たことがあった。「でも、どこで見つかるかは、ぜんぜんわからないわ。風に吹かれてさすらうのよ。人間たちには根がないから、とても困るの」。対話はここで終わってしまう。サン゠テグジュペリ自身は、まったくその反対で、しっかりと根を持っていた。しかし、その根が彼の行動を妨げることはなかった。砂漠の花が話した人間たちのように、彼もまた砂漠や地球を発見しに出かけたのだ。彼は、自分の根をけっして切り捨てることはなかったので、その郷愁に彩られた思い出は、ずっと一緒に世界各地を旅することになる。

こだま

地球の住人も、王様、うぬぼれ屋、呑んべえ、あるいはビジネスマンに劣らない。彼らもまた実にとても奇妙な人たちだ。というのは、彼らは話しかけられても、人が言ったことを繰り返すだけだからだ。こんな状態で、どのように会話を始めたらよいのだろう？ この人たちは恐ろしいほど想像力に欠けている。実際は、王子さまが思い違いをしている。彼は人間たちに出会ったと思い込んでいるが、「高い山」に登って「友だちになってよ、ぼくひとりぼっちなんだ」と呼びかけたあと、こだまを相手にしているにすぎなかったのだ。「ひざまでの高さの」火山しか知らなかった王子さまは、こんなに高い山に登ったのだから、「星の全体と人間たちのすべてがひと目で」見わたせるだろうと思っていた。この場面を書きながら、アントワーヌ・ド・サン゠テグジュペリはおそらく、飛行中、機内にいるときの孤独な時間を思い出していたことだろう。山の頂にいる王子さまのように、飛行中の彼には、話し相手は自分しかいないし、聞こえてくるのはこだまのように返ってくる自分の声だけなのだから。

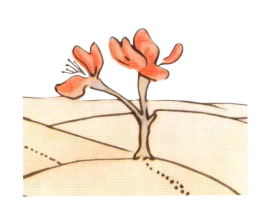

バラたち

地球での王子さまの驚きは、それで終わりではなかった。自分のバラはただひとつのバラの花だと思っていたのに、彼が発見した庭は、——少なくとも見た目には——彼の花と同じようなたくさんの花々で埋め尽くされていたのだ。「わたしたちはバラよ」と、花たちは歓迎のつもりで王子さまに言う。まるで胸をえぐられたように悲しんだ王子さまは、「あぁ！」と、応じただけである。彼のバラは、自分はたった一輪のバラの花だと話していたのに。「この世にあるただひとつの花だと思って、ぼくはとても豊かな気持ちになっていた。ところが、ぼくの持っているのは、ただのありふれたバラにすぎないんだ。あの花と、膝の高さまでの3つの火山、そのうちひとつはたぶん永久に休んだままだろうし、それだけでは、ぼくはりっぱな王子さまにはなれやしない……」。そう考えて王子さまは泣き出してしまう。

幸いにも、まもなくキツネが王子さまに、きみのバラは美しくてこの世でただひとつのものだということを教える。そしてそのことを、王子さまはあのバラたちのところへ急いで伝えに行くだろう。「きみたちは、少しもぼくのバラに似ていない。きみたちは、まだなにものでもない。［……］きみたちはきれいだ、でも、空っぽなんだ」と、彼は言った。王子さまは、それらのバラが自分のバラと同じように大切だと考えたことを悔やむ。「君が、バラのために費やした時間のおかげで、君のバラはとても大事なものになったんだよ」と、キツネは王子さまに説明する。「君は自分が手なずけたものに対して、いつまでも責任があるんだ。君は、君のバラに対して責任があるんだ」

転轍手(てんてつしゅ)

ばかげた仕事というものはない。転轍手は自分に期待されていることを実行する。彼は線路のポイントを切り替える。「旅客をより分けているのさ、千人ごとにね」と、彼は王子さまに言う。「旅客を乗せた列車を送り出すんだよ。その時々によって右へ、または左へと」。私たちは、王子さまがどこで、またどんなときに転轍手に出会ったのかも分からない。王子さまには「ずいぶん急いでいる」ように見えるこの旅客たちが皆、何を探しているのか私たちは知らない。だれもそのことを知らないし、機関車の運転手にも分からない。人間は、たとえばかげたことを危うくしでかしそうであっても、わけもなく動き回るのが大好きだ。それは、自分は生きているという実感を抱くため、みずからの目標を見出すため、習慣を破るため、そして退屈を避けるためである。転轍手は線路のポイントを切り替えることしかしない。ただ彼は哲学もする。「だれも自分のいるところには、けっして満足できないんだよ」と、彼は教える。ただひとつ確かに言えること、それは王子さまが私たちに打ち明けるように、子どもたちに関わることだ。彼らだけが「自分が何を探しているのか知っているんだね。布人形のために時間を費やしている。そのため人形はとても大事なものになって、もしそれを取り上げられたら、子どもたちは泣き出してしまうだろうな……」

猟師

猟師は口ひげ、肩から斜めにかけた鉄砲、赤い鼻、そして帽子からそれとわかる。サン＝テグジュペリによって絵に描かれてはいるが、猟師は、王子さまの旅路にあらわれるわけではない。王子さまは、キツネとの会話のなかで猟師という人がいることを教わるのだ。キツネは、王子さまに木曜日は「すばらしい」一日だと言う。なぜなら、その日、猟師は村の娘たちと踊るために猟をしない。それは、キツネにとってもブドウ畑までブラブラ出かけて行くことができる、とても都合の良いことなのだ。「もし猟師が曜日にかまわず踊ったら、どの日も同じになってしまって、おれには休暇ってものがなくなってしまうのさ」と、キツネは王子さまに説明する。

丸薬売りの商人
（がんやく）

ある日、王子さまは、「のどの渇きをおさえる特効薬」を売る商人の行く手を横切る。週に一錠それをのむと、もう水を飲む必要はなくなってしまう。これは王子さまの興味をそそる発明だ。彼はこの発明はなんの役に立つのだろうと考える。商人は――彼もまたビジネスマンといえるが――この発明によって週に53分の節約になると王子さまに答える。そのように商人に言ったのは専門家たちである。専門家の言うことにはつねに耳を傾けなければならない、それは分かり切ったことだ。それで手に入ったその53分で何をするのだろう？「自分の好きなことさ」と、商人は答える。「ぼくなら」と、王子さまは思う。「自由に使える53分があれば、静かに歩いて行くだろうな、泉に向かって……」商人からすれば、理屈に合わないことを口にし、利益の計算もできず、もうけを考えないような王子さまは、確かに実に不愉快だ。まるでサン＝テグジュペリにそっくりだ、おそらく……。

王子さまを取り巻くもの：
地球

6つの小惑星を訪れたあと、王子さまは地球を発見する。地理学者の「地球はたいそう評判がいい」という助言に従って、彼は地球におもむく。到着してみると、彼は少しがっかりしたと言わねばならない。これがほんとうに地球なの？ 人間たちを見つけたいと思っている彼は、「人影がまったくないのに驚い」て、星を間違えたのではないかと思う。けれども、語り手によれば、地球はありきたりの星ではないのだ。地球には101人の王様、7,000人の地理学者、90万人のビジネスマン、750万人の酔っぱらい、3億1,100万人のうぬぼれ屋、そしてもちろんたくさんの街灯の点灯夫たちがいる。つまり全部で「およそ20億人のおとなたち」がいる。彼らは少しの場所しか占めていない。「太平洋のいちばん小さな島にだって、人類全体を積み重ねることができるだろう」と、語り手は明言する。しっ、静かに！ おとなたちに、そんなことを言ってはならない。「広い場所を占領していると思い込んでいる」彼らは、「自分たちのことを、まるでバオバブのように、たいそうなものだと考えている」のだから……。

砂漠

砂漠、それはサハラの真ん中に不時着したパイロットと、王子さまが出会う場所である。そして王子さまがヘビと出会ったのも砂漠だ。そこは人けのない場所である。「砂漠にいると少しさびしいね……」と、物語の主人公は気づいて言う。しかし、そんなところにも一輪の花が咲いている。というのも、王子さまが第24章で「砂漠は美しい……」と指摘しているように、砂漠の美しさがあるのだから。「何かが静寂のなかで光を放っている」と、この広大な静けさに魅了された語り手のほうでもそれを認める。見せかけだけの外見の背後にある、ものごとの真実を見ることに慣れている王子さまは、表面は干からびているこの不毛の大地が、宝物を秘蔵していることをよく知っている。「砂漠が美しく見えるのは、どこかに井戸を隠しているからなんだ……」と、王子さまはパイロットに言う。パイロットもそのことをよくわかっていた。「家でも、星でも、砂漠でも、それらの美しさを作り出しているものは、目に見えないんだ！」けれども王子さまが目の前からいなくなり、彼の笑顔、彼のびっくりしたような大きな目に会えなくなり、そして彼の質問がなくなってしまうと、パイロットにとって砂漠は、もはやけっして同じものではなくなるだろう。そして「世界でいちばん美しく、またいちばん悲しい景色」が永遠に残ることになる。

星

星は、『星の王子さま』の多くの頁に見出すことができる。王様の豪華な衣装を飾る星、ビジネスマンが所有する星、宇宙を漂う星、小惑星B612の上空に見られる星がある。王子さまが友人であるパイロットに説明するように、星がなぜ存在しているのかその理由はさまざまだ。ある星は旅人の案内役として、他の星は学者の興味をそそるものとして役に立っている。さらに別の星は、夜空を飾りそして詩人に霊感を与える光そのものである。

けれどもひとつだけ、特別に大事な意味を帯びた星がある。それはほかの星とは異なるただひとつの星で、王子さまがパイロットに向けて指し示す星だ。それは彼が地球を出発したあと住む星で、ふたりの友情の絆をつなぎ続ける星である。その星が「一年前にぼくが落ちた場所のちょうど真上に」来ると、王子さまは説明する。残念なことに、その星は、あまりにも小さく、あまりにも遠く離れすぎているので、地球から指し示すことができない。「ぼくの星は、きみにとって、たくさんの星のひとつになるだろう。すると、きみはすべての星を眺めるのが好きになるんだ……星たちはみんな、きみの友だちになるんだよ」と、王子さまはパイロットに慰めのことばをかける。

小惑星B612

星図の上で、王子さまの星を探さないで欲しい。なによりもその星は、小さすぎて見逃すおそれがあるからだ。それにいずれにしても、その星はアントワーヌ・ド・サン=テグジュペリの本のなかでしか見つからないのだ。「王子さまのふるさとの星は、一軒の家ほどの大きさしかなかったのだ！」と、パイロットは第4章で私たちに教えている。彼によると、それは小惑星B612で、一度だけトルコ人の天文学者によって望遠鏡で見つけられたそうだ。このとても小さな星の上に何が見えるのだろうか？　3つの小さな火山、そのうちのひとつは消えているが、それだけだ。ふたつの活火山のうちのひとつの上に、王子さまは食事の準備を整えるために三脚台を置いた。そしてもうひとつの活火山の上に漏斗を置く。それはおそらく火山が排出する煙から火山を守るためのものだろう。この星には多くの気晴らしはない。星の手入れをしていないとき、王子さまは夕陽に見とれている。彼は夕陽が大好きだ。一日のうちに何度も夕陽を眺めるには、椅子を少し動かすだけで十分だ。あるときは、44回も夕陽を見ることさえできた。それでも、その日、彼は少し悲しかったのだ。彼の星での生活はしばしば憂鬱な気分に満たされていた。王子さまが、なぜあちこち旅に出かけることを望んだのかがいっそうよくわかる……。

バオバブ

バオバブには用心しなければいけない。この木は「教会のように大きく」て、その幹はあまりに巨大でちょうど風船がふくらもうとしているところを思わせるほどだ。バオバブが有害なのではない、まったくそうではない。ただ、バオバブに注意を払っていなかったり、王子さまの生まれた星の土壌にはびこるバオバブの木の種を取り除くことを忘れていたりすると、その種は星を破裂させてしまうまで、どんどん大きくなってしまうおそれがあるのだ。「きちんとやることが大事なんだよ」と、王子さまは友だちのパイロットに説明する。「朝の身づくろいが終わったら、星の身づくろいをていねいにやらなくっちゃいけない。バオバブはごく小さいうちはバラにとてもよく似ているけれど、その区別がつくようになったらすぐに、欠かさずバオバブを引き抜かなくてはいけないんだ。これはうんざりするけれど、とてもかんたんな仕事なんだ」。何人かの注釈者は、ナチズムの危険とナチズムに抵抗することの必要性を、バオバブがさりげなく暗示していると考えた。王子さまによって発せられたこの警告のなかに、若い読者に宛てた人生訓——今日できる仕事はけっして翌日に引き延ばさないこと——と同時に、私たちが住んでいるこの星を守るようにとのサン=テグジュペリの激励を読み取ることができる。その結果、語り手によって発せられたのが次の警告だ。「子どもたちよ！　バオバブに気をつけなさい！」

小道具

旅行時の乗り物（見返し）

旅行するとき、王子さまは、紐を介して飛び立つ鳥につかまって、運ばれるにまかせているだけでよい。

王子さまの衣装（2章）

パイロットによって描かれた、剣を身に着け盛装した王子さまは堂々としている。しかしながら、彼はこの装いをした王子さまを一度も見たことはなかった。「のちになって描いた彼の肖像画のなかで、いちばんよくできたものをここに掲げよう」と、サン＝テグジュペリと同様、自分の絵に関してはいつも控え目なパイロットが断言している。

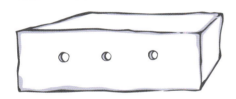

ヒツジの箱（2章）

パイロットによって描かれたこの箱のなかに、一匹のヒツジがいる……しかし、王子さまだけがそのヒツジを見ることができる。彼は「おとなたち」と違って、外見の背後に隠れている実体を見分けることに慣れているからだ。

王子さまの椅子（6章）

王子さまはこの椅子に座って夕陽を眺めることが大好きだった。それは、彼がこの星で暮らしていたときのお気に入りの気晴らしだ。

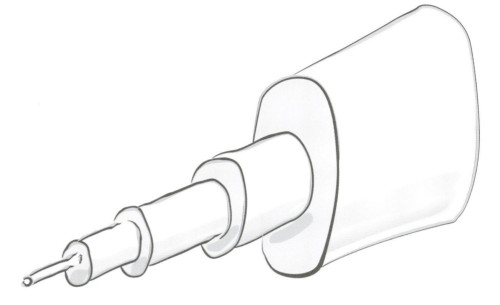

トルコ人の天文学者の望遠鏡（4章）

伝統的なトルコの民族衣装を着た天文学者は、この望遠鏡で天体観測をしていたおかげで小惑星B612を発見することができた。望遠鏡の大きさが、この小惑星が地球から、とても遠いはるか彼方にあることを推測させる。

天文学者の画架（がか）（4章）

天文学者が、小惑星B612の存在を証明する論証を書いたのは、まさにこの画架の上であり、そこで使われている用紙は方程式で埋められている。

じょうろ、衝立（ついたて）、ガラス製の覆い（8章）

この3点の器具で、王子さまは、バラが必要としている心遣いに富んだ愛情を彼女に注ぐことができた。

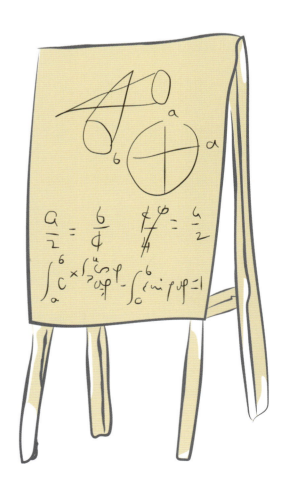

王様の玉座と白テンの毛皮（10章）

臣下のいない王様であっても誇りは持っている。体面を重んじるすべての王様に欠くことができないこうした権力の象徴のおかげで、君主は体裁を保っているのだ。

うぬぼれ屋の帽子（11章）

「変わった帽子ですね」と、王子さまは彼に言う。この黄色の帽子は、うぬぼれ屋にとって、人目に立つように、そして彼の崇拝者にあいさつするために役立っている。残念ながら、彼に崇拝者はいないのだが……。

呑んべえの酒瓶（12章）

3本の酒瓶が机の上に、6本の酒瓶が彼の足元のボール箱のなかにある。呑んべえは、飲んでいる恥ずかしさを忘れるために酒を飲む。自分の健康を守るためには、飲むことを忘れる方がずっと良いのだけれど。

ビジネスマンのタバコ（13章）

ビジネスマンは、自分が所有している星の数を数えることにあまりにも忙しくて、タバコの火が消えてしまっていることにさえ気づかなかった！

街灯（14章）

自分の仕事を行うために、街灯の点灯夫に必要なのは……街灯だ。けれども彼は他の人びととは異なっているようにみえる。「彼が街灯を灯すとき、それは星をもうひとつ、あるいは花をもう一輪生み出すようなものだ」と、王子さまは指摘する。

分厚い本と地理学者の拡大鏡（15章）

この男性はもちろんまじめな人である。なぜなら、彼は厳格なそぶりを誇示しているし、分厚い地理学の本のページをめくっているからだ。その本のなかに、彼は探検家によって発見された山や河川や町を書き留めている。

泉（23章）

泉は現実には存在しない。泉は、のどの渇きをなくす丸薬を売っている商人との会話の際に、王子さまによって単に想像されただけである。

「障害と力くらべをするとき、人間はおのれを発見する」

井戸 (25章)

「砂漠が美しくみえるのは、どこかに井戸を隠しているからなんだ」と、王子さまは思う。彼が見つける井戸は、砂のなかに穴を掘ったサハラ砂漠で見かけるものとはまったく異なり、それは南フランスの村にある井戸に似ている。王子さまは、「ただの飲み水ではない」、「贈り物のように心にとって良い」水を井戸からくみ上げる。

井戸のそばの古い壁 (26章)

砂漠にある崩れ落ちた石壁は、井戸と同じように唐突にあらわれる。王子さまは、今まさに地球を去ろうとしてこの壁の上にいる。一方、彼の足もとではヘビが鎌首を持ち上げている。

『星の王子さま』名言集

パイロット／語り手

「どんなおとなたちも、初めは子どもだったのだ（ただ、それを覚えている人はほとんどいない）」（レオン・ヴェルトへの献辞）

「僕はずいぶんとおとなたちの間にまじって生活もしてきた。間近から、彼らを観察することもできた。それでも僕の考えはたいして変わることはなかった」（1章）

「神秘があまりにも感動的なときには、それに逆らおうという気にはなれないものだ」（2章）

「なぜって、僕の本を軽い気持ちで読んでほしくないからだ」（4章）

「僕は、少しおとなのようになってしまったのかもしれない。きっと歳をとってしまったんだ」（4章）

「とても不思議なものだよ、涙の国というのは！」（7章）

「人間たちが住んでいるのは、地球上のごくわずかな場所なんだ。［……］太平洋のいちばん小さな島にだって、人類全体を積み重ねることができるだろう。おとなたちはもちろん、こんな話を信じないだろう。彼らは、自分たちが広い場所を占有していると思い込んでいる。自分たちのことを、まるでバオバブのように、たいそうなものだと考えている」（17章）

「月明かりのもとで、僕は、この青白い額、閉じた両の目、風にそよぐ髪の房を眺めて、こう思った。『僕がいま見ているのは、抜け殻にすぎない。いちばん大事なものは目に見えないんだ……』」（24章）

「一本の木が倒れるように、静かに彼は倒れた。音もたてずに、だってそれは砂の上だったから」（26章）

「これはもうとても不思議なことだよ。僕にとっても、同じように王子さまが好きな君たちにとっても、どこか知らない場所で、僕たちの知らないヒツジが一輪のバラを食べたか、食べなかったかで、宇宙はもう同じようには見えなくなってしまう……」（27章）

「空を眺めてみたまえ。そして、こう自分にたずねてみるといい。『ヒツジは花を食べたのか、食べなかったのか？』すると、すべてが違って見えるだろう……」（27章）

「そして、もし君たちがこの場所を通るようなことがあれば、お願いだから、急いで通りすぎないで、この星の真下でしばらくとどまってほしいんだ！ そこで、ひとりの子どもが君たちのほうへやって来たら、彼が笑って、黄金色の髪をしていて、たずねかけても何も答えなかったら、それがだれだかわかるだろう。そこで、僕のお願いを聞いてほしいんだ！ こんなに悲しんでいる僕を放っておかないで。すぐ僕に手紙を書いてほしいんだ、王子さまが還って来たと……」（27章）

王子さま

「お願いです……ぼくにヒツジの絵をかいて！」（2章）

「まっすぐに進んでも、そんなに遠くへは行けないんだ……」（3章）

「朝の身づくろいが終わったら、星の身づくろいをていねいにやらなくっちゃいけない」（5章）

「ねぇ……ひどく悲しい時には、夕陽が見たくなるんだ……」（6章）

「友だちになってよ、ぼく、ひとりぼっちなんだ」（19章）

「なんておかしな星なんだ！［……］おまけに人間たちには想像力が欠けている。人の言ったことをくりかえすばかりだ……」（19章）

「ただひとつの花だと思って、ぼくはとても豊かな気持ちになっていた。ところが、ぼくの持っているのは、ただのありふれたバラにすぎないんだ。あの花と、膝の高さまでの3つの火山、そのうちひとつはたぶん永久に休んだままだろうし、それだけでは、ぼくはりっぱな王子さまにはなれやしない……」（20章）

「こっちに来て、いっしょに遊ぼうよ、ぼくは、とても悲しいんだ……」（21章）

「友だちを探しているんだ。どういう意味なの、＜手なずける＞って？」（21章）

「友だちを見つけなければならないし、たくさんのことを知らなくっちゃいけないんだ」（21章）

「子どもたちだけが、自分が何を探しているのか知っているんだね」（22章）

「ぼくなら、自由に使える53分があれば、静かに歩いて行くだろうな、泉に向かって……」（23章）

「友だちができたのはいいことなんだよ、たとえもうじき死ぬとしてもね」（24章）

「ぼくは具合が悪くなったように見えるかもしれない……少し死んだみたいになるかもしれない。でも、それでいいんだよ」（26章）

バラ

「トラなんか少しも怖くないわ。でも風はいやなの」（8章）

「ばかだったわ、許してちょうだい。幸せになってね」（9章）

「ええ、そうよ、あなたが好きよ。あなたがそのことに少しも気づかなかったのは、あたしが悪かったの。それはどうでもいいことだけど。でも、あなたもあたしと同じくらいばかだったのよ」（9章）

「そんなふうにぐずぐずしていてはだめよ。苛々してくるじゃないの。あなたは旅立つと決めたんでしょう。さあ行ってちょうだい」（9章）

王様 (10章)

「人にはそれぞれ、できることだけを求めなくてはならぬ。権威というものは、まずもって道理に基づいておる」

「他人を裁くより、自分自身を裁くほうがむずかしいからな。もし、おまえが自分を公平に裁くことができれば、それはおまえがまことの賢者だということじゃ」

うぬぼれ屋 (11章)

「＜崇拝する＞とは、わたしがこの星でいちばん美男子で、いちばん身だしなみが良くて、いちばん金持ちで、いちばん頭が良いと認めることを意味するのだ」

呑んべえ (12章)

「飲んでいるのさ［……］恥ずかしい気持ちを忘れるためさ［……］酒を飲むのが恥ずかしいんだよ！」

ビジネスマン (13章)

「そして、おれは星を所有している。なぜなら、おれ以前にだれも星を所有するなんて考えつかなかったからだ」

街灯の点灯夫 (14章)

「わかるもわからないもないよ。指令は指令なのさ」

地理学者 (15章)

「花は記録しないのじゃ。花は、はかないものだからね」

ヘビ (17章)

「人間たちのなかにいても、さびしいものさ」

「でも、おれは、王様の指よりも強いんだぜ。［……］おれは君を運んで行くことができるんだぜ、船で運ぶよりも遠くへ」

「おれが触れたものは、大地へ、もといた場所へと、還してやるのさ。でも、君は純粋だし、星からやって来たんだし……」

砂漠の花 (18章)

「人間たちですって？［……］でもどこで見つかるかは、ぜんぜんわからないわ。風に吹かれてさすらうのよ。人間たちには根がないから、とても困るの」

こだま (19章)

「ひとりぼっちなんだ……ひとりぼっちなんだ……ひとりぼっちなんだ……」

キツネ (21章)

「知ることができるのは、自分で手なずけたものだけさ。人間たちにはもう、物事を知るための時間がない。彼らは、商人のところで出来合いの品物を買い求める。でも、友だちを売っている商人はいないから、人間たちにはもう友だちがいないのさ。友だちがほしいなら、おれを手なずけておくれよ！」

「ことばは誤解のもとだからね」

「これがおれの秘密なんだ。とてもかんたんなんだよ。心で見なくっちゃ、よく見えない。いちばん大切なものは目に見えないんだ」

「君が、バラのために費やした時間のおかげで、君のバラはとても大事なものになったんだよ」

「君は、自分が手なずけたものに対して、いつまでも責任があるんだ」

転轍手 (22章)

「だれも自分のいるところには、けっして満足できないんだよ」

第5章
『星の王子さま』の本棚

『名の明かされない女性への手紙』

サザビーズ協会が2007年に開いた競売で公にされるまで、彼の手紙は受取人の親族の家に残されていた。翌年、その手紙は複写され、活字に転写した文章を付し、『名の明かされない女性への手紙』と題して、ガリマール社から出版された。サン＝テグジュペリにとっては、王子さまがどれほど重要であるかだけでなく、彼の感情表現においてデッサンが重要な役割を果たしていることも、これらの手紙は立証している。

たしかに手紙の数通には、彼のお守りともいうべき人物の肖像が添えられている。しかし、文章の余白に登場するこの人物は、単にイラストとして描かれているだけではない。王子さまは、時々これらの手紙の差出人として提示されている。私たちは、この手紙を書いているのがアントワーヌではなく、紙に描かれた彼の分身であるような印象を抱く。この人物は、サン＝テグジュペリと混同されるほどに彼の人生の一部になっている。何枚かのデッサンでは、王子さまの発話は、漫画の登場人物のセリフや考えを伝えるあの吹き出しのようなものを使って示される。

1943年、アントワーヌ・ド・サン＝テグジュペリは、みずから進んでナチスドイツとの闘いに参加するため、アメリカ合衆国を去った。彼は北アフリカに身を置き、33-2偵察飛行部隊に復帰する。

5月、彼をオランからアルジェへと運ぶ列車のなかで、将校で赤十字の看護兵である23歳の女性と出会う。たちまち相手に魅せられた彼は、彼女と文通を始める。しかしこの若い女性は既婚者で、彼の申し出には応じず、彼はとても失望した。

サン＝テグジュペリの数通の手紙からは、プラトニックな関係であったことがうかがわれ、彼は人生最後のその年、この女性とずっとこうした関係を続けることになる。

章扉：『「星の王子さま」の謎』の表紙に描かれている王子さま。

上：『名の明かされない女性への手紙』の表紙のデッサン。

左：「呼びかけてもいつも彼女はいません……

夜も帰ってきません……

電話もくれません……ぼくは彼女とうまくいかないんだ！」

すぐ下：「お邪魔してすみません……ごあいさつしたかっただけなんです！」

下：「失礼！　ぼくのことをすっかり忘れた女友達に手紙を書いているので……」

王子さまのセリフは、それを書いた本人の、相手から愛されず、誘いかけに答えてももらえない恨みと満たされない思いを表している。「呼びかけてもいつも彼女はいません……夜も帰ってきません……電話もくれません……ぼくは彼女とうまくいかないんだ！［……］ぼくのことをすっかり忘れた女友達にぼくは手紙を書きます」と、王子さまは言う。そのまなざしは不満を湛(たた)えているように見える。「ぼくの利己主義はそれほどたいしたことはないのだと気付いて、憂鬱(ゆううつ)になりました。だってぼくは、自分を辛い目に合わせる力を他人に与えたんですから」と、サン＝テグジュペリは書く。彼は「憂鬱」という単語を何度も使い、時々とても暗い調子で『星の王子さま』の文章をほのめかす。「ほらこの通り、バラの花を摘もうとして、ぼくはバラに傷つけられました。［……］人生で重要なことなんて何もないのです（命でさえも）。さようなら、バラよ！」

「このときから彼はもう、作者と作者が描く作中人物、人生とそこから作り出される物語、現実世界とみずからに与える書物との見分けがつかなくなる。これがサン＝テグジュペリの「真の個性」であり、これが『星の王子さま』の魅力のすべてだ」と、アルバン・スリジエは『星の王子さまの美しい物語』（ガリマール社）に書いている。サン＝テグジュペリは、こうして、自分が前年に出版したこの物語の続編を書く最初の作家となる。これらの手紙は、パリの「書簡と直筆博物館」が手に入れた。この博物館は、サン＝テグジュペリに関する独自の資料コレクションを持っている。しかし未だに「名の明かされない女性」の素性については何もわかっていない。

93

『星の王子さま』の続編とパロディー

『若き王子の帰還』
アレハンドロ・ルメマーズ

アレハンドロ・ルメマーズはビジネスマンだ。しかし王子さまが出会ったあのビジネスマンとはまったく関係なく、彼は作家でもある。アルゼンチン最大の製薬研究所の後継者である彼は、16歳の頃から文章を書いていた。2000年には9日間で『若き王子の帰還』と題した小さな本を著した。サン＝テグジュペリの子孫のひとりフレデリック・ダゲが序文を書いたこの作品は、数万部単位のベストセラーとなった。アントワーヌ・ド・サン＝テグジュペリは、新しい南米航空路線開設のため1929年にアルゼンチンに住んだことがあり、今でもこの国の人びとの間でとても人気がある。

『若き王子の帰還』では、王子さまは成長し、今や青年だ。この地球に戻った彼は、本拠地として南アメリカ南部のパタゴニアを選び、あの友人のパイロットを探しに出発した。飢えているところをひとりの孤独な旅人に救われた彼は、この旅人と共に地球人になるための通過儀礼の旅に挑戦し、裏切りや嘘とはどういうものか、それまで彼にはまったく縁のなかった観念を学ぶ。アレハンドロ・ルメマーズは、王子さまの冒険の「続編」を書きたかったのではないと弁明する。彼の通過儀礼の物語は、若者に向けられたものであって、むしろ『星の王子さま』で発せられた哲学的なメッセージを精神的に継承することを目的としている。

サン＝テグジュペリの子孫側から、アルゼンチンでのこの作品の出版許可を得るために、彼は8年待たなければならなかった。フランスの読者が母国語で『若き王子の帰還』を読むには、『星の王子さま』の著作権が切れる2033年まで辛抱しなければならないだろう……。

『ビジネスマンになった星の王子さま』
ヴァルハ・ヴィラセカ

王子さまはとても恵まれている。生計を立てるために、彼は一度も職場で働かなくてよかった。それに移動するのに、ラッシュアワーの交通渋滞も不快な地下鉄も体験しない。彼は野生の渡り鳥に付けた紐(ひも)にしがみついて移動するのだから。かと言って、王子さまが現代のサラリーマンの良い助言者になれないことはない。それは少なくともヴァルハ・ヴィラセカが直観したことである。彼は『星の王子さま』のさまざまな教訓を現代企業に取り入れようと思いついたのだ。「大切なことに気づくための偉大な古典作品の精神」というサブタイトルが付けられた『ビジネスマンになった星の王子さま』（オポルタン社）には、危機に陥ったある会社の人事部長に任命されたポール・プランスという男が登場する。この会社には横暴な経営・管理者と気力を失くしたサラリーマンがあふれている。サン＝テグジュペリの物語の教訓のおかげで、ポール・プランスは従業員たちに士気を取り戻させることに成功する。しかしこの物語では、彼が従業員のために厚紙にヒツジを書いてやったかどうかは語られない。それに完璧に調合された丸薬(がんやく)を飲ませたおかげで、労働時間を週に53分短縮したかどうかについても……。

『帰ってきた星の王子さま』
ジャン＝ピエール・ダヴィッド

『星の王子さま』の最後で、アントワーヌ・ド・サン＝テグジュペリは、彼の王子さまが帰ってくるかもしれないと予告する。「そこで、ひとりの子どもが君たちのほうにやって来たら、彼が笑って、黄金色の髪をしていて、たずねかけても何も答えなかったら、それがだれだかわかるだろう。そこで、僕のお願いを聞いてほしいんだ！　こんなに悲しんでいる僕を放っておかないで。すぐ僕に手紙を書いてほしいんだ。王子さまが帰って来たと……」ジャン＝ピエール・ダヴィッドは、サン＝テグジュペリの言ったことを真に受けた。ベルギーで生まれ、ケベックに移住した物語作家でもあるこの小説家は、『帰ってきた星の王子さま』（レザントゥシャーブル社）を出版した。ひとりの難破者がサン＝テグジュペリに手紙を出して、王子さまが戻ったことを知らせた。この男は無人島で王子さまに出会ったのだ。王子さまは、彼のヒツジにとって危険なトラをやっつけられる猟師を探していた。残念なことに、王子さまが頼みに行った人たちは、エコロジストも、広告業者、経営者、あるいは統計学者も、だれひとりとして彼を助けることはできない。アレハンドロ・ルメマーズの本と違って、『帰ってきた星の王子さま』はおよそ30か国語に翻訳されている。この本は、サン＝テグジュペリの子孫による承認を受けなかったのだ。

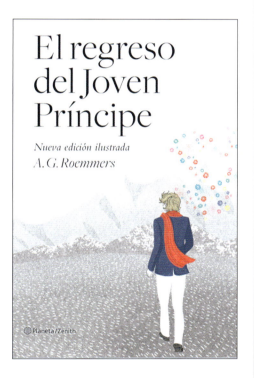

左上：アレハンドロ・ルメマーズの本の表紙。この本を読めるのは今のところスペイン語がわかる読者だけだ、フランス語訳が出るまでは……しかしそれは2033年まで出ない！

上：ネクタイを締めた王子さま。『ビジネスマンになった星の王子さま』の表紙用に提案された意表を突くイラスト。

『星の王子さま』の研究

歴史家

フランスの文学史や出版史に関する本の著者アルバン・スリジエは、そのうちの数冊をアントワーヌ・ド・サン=テグジュペリに充てた。『昔々、王子さまが……』（ガリマール社）には、この物語のたどったすばらしい来歴が詳しく書かれている。この選集は、『星の王子さま』についての出版当時の批評と現在のさまざまな見解を共に載せ、またいろいろな出版形態や翻訳本の数々、多様な翻案に至るまで、『星の王子さま』の出版の歴史をたどっている。レオン・ヴェルトの肖像を示し、英語版『小さな王子』がジェームズ・ディーンやオーソン・ウェルズを魅了したという事実にも興味を示す。サン=テグジュペリの近親者や彼と共に仕事をした人たちから得た多くの証言や、作家たちの当時の解釈も載せて、『昔々、王子さまが……』は多様な視点を提示することにより、サン=テグジュペリの作品の豊かさを立証している。

左：表紙には、星の王子さまと彼のバラが描かれている。これは、サン=テグジュペリお気に入りの翻訳家ルイス・ガランティエールのために完成されたデッサンである。

天体物理学者

仮定しよう……実際に王子さまがいたと仮定しよう。彼はサン=テグジュペリの物語のなかでのように生きていられただろうか？　一番簡単なのは専門家に聞くことだ。ベルギー人ヤエル・ナゼは、信頼できる偉大な女性天体物理学者で、サン=テグジュペリのこの作品にも詳しい。小さい頃、舞台で王子さま役を演じたこともある。物語の登場人物が体験するもっともらしいさまざまな予期せぬ出来事について質問したら、彼女は『星の王子さまの（興味深い）真実』のなかで、なんにでも即答してくれる。これは非常に面白く楽しい試みで、インターネット上でアクセスできる。

まず最初に、王子さまの星と同じくらい小さな惑星は存在するのだろうか？　もちろん存在する。なかには砂粒ほどの大きさのものさえある。では王子さまはその星で生活し、立っていられるのか？　立っていられる。しかし重力を考慮すると、飛び上がらない方がよいだろう。彼にはむしろ、地面にしっかり引っかかるように靴底にスパイクの付いた靴を履いて、そっと歩くことを勧める。

大気圏外に生命が存在すると考えられるか？　天文学者はみんな楽天家だ。生命の要素（チッソ、炭素、酸素……）はすべて宇宙にある。だから惑星がありさえすれば、そこには生命がある可能性はある。（生物学者たちは、必ずしも同意していないが。）

斜め上：トルコ人の天文学者、望遠鏡で惑星B612を見たただひとりの人で、いわば天体物理学者ヤエル・ナゼの遠い先輩である。

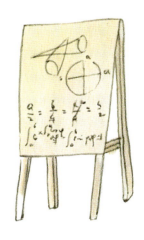

王子さまはあの星で、バラの香りを嗅ぐことができただろうか？　ヤエル・ナゼによれば、大気がありさえすれば香りはするだろうということだ。しかしたとえば、火星で外気に身をさらすのは危険だろう。そこでは大気圧が非常に低いので、私たちの宇宙服は破裂しかねない！

王子さまは、野鳥の渡りを利用して星を離れることができたか？　できた。彼の星はとても小さく、王子さまが飛び立つためには、ひと跳びするだけで十分だから。しかし、鳥たちはたくさんの小さな隕石のつぶてを受けることを覚悟しなければならない。その上彼らは、やけどをすると同時に凍る危険がある。つまり体の太陽に照らされた部分は焼かれ、反対側は絶対零度（−273,15℃）に曝されるのだから！　それに、ふたつの惑星間の、延々と続く、退屈な旅の大変さは言うに及ばない……。

神学者

神学者であり精神分析学者、カトリック教会から離脱した聖職者でもあるドイツ人オイゲン・ドレーヴァーマンは、1940年生まれだ。著書『一番大切なものは目に見えない──「星の王子さま」の精神分析的解釈』のなかで、サン゠テグジュペリの『星の王子さま』について自分の解釈を示している。この本は1984年にドイツで出版され、1992年にはフランス語に翻訳された（セルフ社）。「もし多くの人が『星の王子さま』を読んで楽しいと思うなら、それは結構なことだ。なぜなら、比喩に富んだことばが示すこの物語の結末は、人間の不滅に対する宗教の習慣的な信仰に通じるように思えるからだ」と、オイゲン・ドレーヴァーマンは書いている。「しかし、見かけは当てにならない！サン゠テグジュペリが描く星空が、信者たちの天国と結びつくのは、ただ隠喩によってである。つまり、王子さまの旅は、不滅を約束しているのではなく幸運を約束しているのだ。生来の人間の夢を見失わない幸運、人間界という砂漠のただなかで、あらゆる挫折にもめげず、限りある生であるにもかかわらず、けっしてさまざまな価値観に背かない幸運、それだけを約束しているのである」

右：この作品の伝統的な解釈の裏側を見るために、精神分析的解釈によって、王子さまが診察台に寝かせられると……。

著述家

日本の大学教授である三野博司は、アルベール・カミュとサン=テグジュペリの専門家であり、『星の王子さま』を翻訳するとともに、この作品について2冊の本を著している。

まず『「星の王子さま」の謎』では物語の詳細な分析を行い、レオン・ヴェルトへの献辞から最後の一行に至るまで一語一語に注意を払い、読者の目に隠された意味を明らかにして、外見の単純さの下に複雑で豊かな思想の世界が潜んでいることを証明しようとしている。

次に『「星の王子さま」事典』では、作品の誕生、登場人物、作品世界の成り立ち、物語の展開、これまでになされたさまざまな作品解釈などについて、作品のいっそう優れた理解に必要な知識を日本の愛読者に提供している。

『となりのトトロ』の製作者である宮崎駿のように、サン=テグジュペリは、年少の読者——彼らは本を読む前に、物語に登場するキツネ、バラ、ヘビを知っている——を魅惑すると同時に、現代社会において格闘するおとなたちの心を揺さぶるのだ。三野博司は、『星の王子さま』を「奇跡のような本」であると述べ、その読書は子どもたちにとってまぎれもない恩沢に浴することであるとの確信を表明している。

左上：『「星の王子さま」事典』によって、三野博司は、20種を超える日本語訳に親しむことのできる日本の読者に、この作品をいっそうよく理解するための手がかりを与えている。

左：サン=テグジュペリの専門家である三野博司によると、『星の王子さま』の文章のそれぞれに、隠された意味が込められているのだ。

アニメに関する本

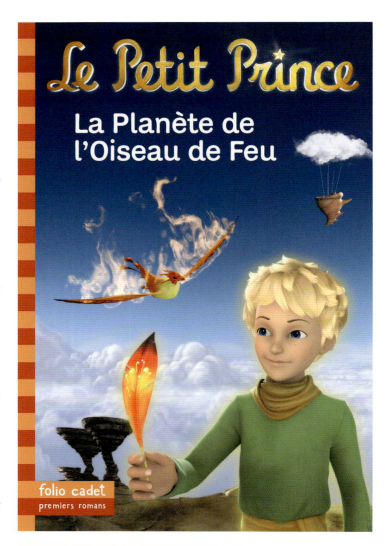

ファブリス・コランの児童文学

星の王子さまには、サン=テグジュペリの物語の先に続く人生がある。大切な小惑星B612に戻った王子さまは、彼のバラと友だちのキツネと共に平穏な生活を送っている。

ある日、ヘビは王子さまのバラを誘惑しようと試みるが、あえなく失敗……。そこでヘビは仕返しに、銀河系の惑星をひとつずつ消滅させることにするのだ！

ヘビが悪事を働くのを阻止するために、幸いにも王子さまは自分のさまざまな能力を活用する。スケッチブックに息を吹きかけ、魔法の家来たちに命を与える。胸に手を当てさえすれば、星をちりばめた衣装と、邪悪なもくろみに立ち向かえる魔法の剣があらわれる。だが、それだけでヘビをやっつけられるのだろうか？

幻想小説やラジオ放送劇の作家であり、マンガのシナリオも書いているファブリス・コランは、サン=テグジュペリの王子さまを、8歳から10歳の子ども向けのお話に登場させた。テレビのフランス3で放映されたアニメーションシリーズを基にして脚色された物語だ。

上：王子さまとキツネは、恐ろしい呪いにかけられた惑星を発見する……。

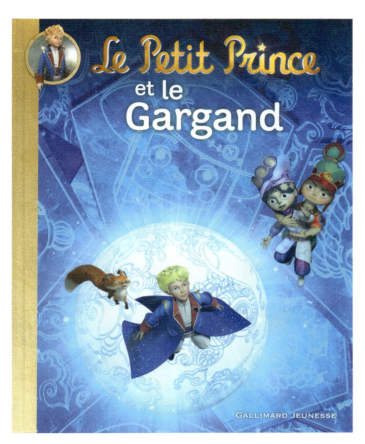

キャサリン・ケナットの絵本

おとな向け幻想小説、青少年向けの作品、魔女、吸血鬼、妖精が登場する美装本などの作家キャサリン・ケナットは、子ども向けのガリマール・ジュネス社から出版された『星の王子さま』から想を得たテレビ連続ドラマを基に、絵本を作った。

星の王子さまゲームの大型本

星の王子さまは、ヘビがさまざまな星に仕掛けた罠の裏をかくことができるか？ 挑戦に応じるのは、若い読者だ！ キツネの援護と、王子さまの魔法の力をかりて、邪悪なもくろみに打ち勝たなければならない。迷宮と難問の間には、罠がいっぱい……でも想像力と創意があればつねに圧勝だ！

雑誌『星の王子さま』

テレビのフランス3で放映されたアニメシリーズから着想された、創造性豊かな雑誌のフランス語版（ミラン・プレス）とドイツ語版（ブルー・オーシャン）。

左上：キャサリン・ケナットが描く新しいスタイルの星の王子さまは、危機に瀕した星々に救いの手を差し伸べようと、恐ろしいヘビに立ち向かう。

上：読書から冒険まで、ほんの一歩だ！ このゲーム本で、若い読者はまるで自分が星の王子さまであるかのように、キツネと一緒に敢然と挑む……。

左：ゲーム、マンガ、ルポルタージュ、クイズ……星の王子さまの世界は若い読者をもっと喜ばせようと、さらにさまざまな形で変化する。

101

さまざまな証言

ピエール・アスリーヌ
（ジャーナリスト、伝記作家、小説家、1953年生まれ）

「星の王子さまはタンタンの弟だ。記者のタンタンは僕を世界一周に連れて行ってくれたが、この風変わりな男の子は夢想的な風景のなかに世界を包み込むことに成功した。[……] 妖精物語の主人公でありながら、彼には理性がある。彼は並の才能は持っているが、彼の世界の環境の何もかもが互いに作用し合って彼を非凡な少年にした。彼は優美さに心打たれ、物事に驚嘆するという感覚を生まれつき持っている。彼は絶対にあきらめずにとことん質問をする。なんでも答えを知りたくてたまらないこの僕があえてしない質問でも彼は平気でするのだ。彼のおかげで、彼を通して、僕はだれにでもなんでも訊くことができた。僕が論理的で常識的な教訓を得られたのは彼のおかげだ」（アルバン・スリジエ著『昔々、王子さまが……』の「サハラを離れて」から。2006年、ガリマール社）

フレデリック・ベグベデ
（作家、1965年生まれ）

「この物語は『失われた子ども時代を求めて』というタイトルでもよかっただろう。サン=テグジュペリはこの本のなかで、まじめで分別のある「おとな」を絶えず引き合いに出す。実際にはこの本は子ども向けではなく、子どもであることを止めたと思っているおとなたちに向けたものだからだ。これは、おとな世代と分別くさい人間に対する風刺文であり、心優しい詩情と気取りのない叡智（ハリー・ポッター、君はママのところにお帰り！）、ちょっとずれたユーモアと心揺さぶる哀愁を隠しもった見せかけの無邪気さを込めて作成されたものだ」（『文学の墓場』グラッセ社、2001年）

フィリップ・ドレルム
（作家、1950年生まれ）

「『星の王子さま』を読んで心に残ること、それは「ぼくにヒツジの絵をかいて！」でも、「一番大切なものは目に見えない」でもない。『星の王子さま』を読んで心に残ること、それは歴史でも道徳でもない。それは、それ以外のすべて、「こんなふうに、ぼくは孤独に生きてきた」で始まる文や、「きっと歳をとってしまったんだ」、あるいは「泣きだしそうだよ」ということばだ。この物語の語り手は、飛行機が故障して乗れなくなってしまったパイロットである。周りはどこもかしこも砂漠だ。彼がだれかに出会うとすれば、それはただのまぼろしに過ぎないだろう。このまぼろしは、もちろん、永遠に砂に葬られたかあるいは空に消えてしまった子ども時代の魂だ」（月刊誌『リール』の増刊号『60年後の星の王子さま』2006年）

「僕から見て、この本はさまざまな価値を示しているのではなく、「ぼくは孤独に生きてきた……」という最初の数語からすでにそれと感じられる、詩情に満ちた秘密を打ち明けている。一部の人がこの本を嫌うのは、これが子ども時代の知性はおとなの精神世界に勝ると主張しているからだ。しかし逆に、この主張に僕の心はとりわけ共感する。これはすばらしい本であり、この作品を読みふける人の年齢、関心事、世界との関わり方に応じて異なった読み方を提供してくれるのだ」（『レクスプレス』ための対談、2011年）

マリー・デプルシャン
（作家、1959年生まれ）

「私は今は、『星の王子さま』が偉大ですばらしい本であり、誠実で衝撃的な本、つかの間の恩寵のような本だと思っている。しかしこの本は子どもとあまり関係がないとも思う。王子さまは小さいけれども、子どもでも、少年でも、少女でもない。彼はまさにひとつの魂だ。もちろん、だれでも魂に関する本は読める。子どもたちだって。でもこの本は子どものために書かれたのだと決めつけないでほしい。この本が子どもたちに似ているなんて言わないでほしい。ジャック・ロンドンの『白い牙』は犬のための本ではないし、ハーマン・メルヴィルの『白鯨』は鯨のための本ではない。同様に『星の王子さま』は子どものための本ではないのだ」（月刊誌『リール』の増刊号、『60年後の星の王子さま』2006年）

ベルナール・ジロドー
（俳優、作家、1947-2010）

「あなたが王子さまと偶然に出会ったのと同じように、僕も、まったく偶然に、黄金色の髪をしたこの小さな男の子に出会いました。そのとき僕はもう子どもではありませんでした。それはおそらく東南アジアのスンダ諸島辺りのどこかの海だったに違いありません。[……] この物語の素朴さに僕はうっとりしました。さらに時が経ち、年を取るにつれて、僕はその奥深さや清らかさ、力強さそして喜びをじっくりと味わいました。この作品は青少年向けだと言われるたびに、僕は意外に思います。僕は、あなたがこの本を青少年のために書いたということはよく知っています。でも、ヘビがあなたの小さな友だちを噛んだとき、そして彼があなたと別れて命のない抜け殻しか残さなかったとき、子どもの頃の僕なら泣いてしまったでしょう。王子さまがいなくなったと嘆き、もう二度と会えないという絶望感に苛まれたことでしょう。[……]「僕は年をとって、おとなのようになってしまいました」。しかし僕は、僕のなかの王子さまの心を少しだけ持ち続けることにしました。すると聡明で分別のある子どものように、あなたのことをさらに理解できるようにな

りました」（月刊誌『リール』の増刊号、『60年後の星の王子さま』2006年）

アルベール・メンミ
（作家、1920年生まれ）
「星の王子さまは惑星をいくつも巡った。ところで彼は何を探していたのか？ すべての賢者、すべての哲学、すべての宗教が探していたもの、つまりどうすれば最善に生きられるか？ ということ以外に。人生の意義とは何か？ 私たち人間は月に行った。そのうちに他の惑星にも行くだろう。でも多分そこでは何も見つけられないだろう、水さえも。私たちは、今のところ環境が私たちに適している唯一の惑星であるこの地球を正常な状態に戻さなければならない」（月刊誌『リール』の増刊号、『60年後の星の王子さま』2006年）

ダニエル・ピクリ
（作家、1948年生まれ）
「現在なら、星の王子さまはダカール・ラリーの四輪駆動車に轢かれていただろう。彼は盛大な縁日を台無しにしただろう。ひとつ忠告するが、そこの王子さま、ちゃんと隠れてるんだよ。この車列の詩情たっぷりな蜃気楼にだまされるなよ。車体のクロムメッキのきらめきにだまされるんじゃないよ。君が大事に護っていた砂漠のキツネが君の腕から逃げたせいで、君がコース上で轢き殺されるのを僕は見たくないんだよ」（月刊誌『リール』の増刊号、『60年後の星の王子さま』2006年）

パトリック・ポワヴル・ダルヴォール
（ジャーナリスト、作家、1947年生まれ）
「僕たち家族は、あの伝説的な飛行家にとても恩がある。彼は家族みんなの父親みたいなもので、僕に関して言えば、彼は名づけ親のようなものだった。飛行家の祖父がいることがとても誇らしく（祖父はしばしばサン＝テグジュペリの航空路とすれ違ったし、祖母は彼の妻コンスエロとたいへん親しかった）、ある日、校庭で、アントワーヌ・ド・サン＝テグジュペリに洗礼名をつけてもらったんだぞ！ と僕が言ったからだ。それを聞いて、小さな仲間たちはあぜんとし、［……］それ以来、彼らはうやうやしく僕に敬意を払ってくれるんだ……」（月刊誌『リール』の増刊号『60年後の星の王子さま』2006年）

第6章
スクリーンの
『星の王子さま』

映画

マレンキー・プリンツ

1967年、リトアニアの監督アルーナス・ジェブリューナス（1931―2013）は、『星の王子さま』を初めて映画化した。この作品は、一年前に彼の母語であるラトビア語に翻訳されたばかりだった。『マレンキー・プリンツ』と題されたこの映画は、サン＝テグジュペリの物語を優美で簡素な詩情をたたえて描いている。彼の描く王子さまは、白い服を着て首には同じ色のスカーフを巻き、いたずらっぽく無邪気そうに見える。場面のいくつかはインターネットでも見ることができる。たとえば、王子さまが街灯点灯夫と出会う場面は『星の王子さま』の公式サイトで公開されている。またYouTubeでは、砂漠でたくさんのバラを前にした王子さまが、風に揺れる花の動きに合わせて踊っている。

スタンリー・ドーネンの『星の王子さま』

ミュージカル映画（『踊る大ニューヨーク』『雨に唄えば』）や刑事ものの映画（オードリー・ヘプバーンとケーリー・グラントの『シャレード』）で当たりをとった映画監督スタンリー・ドーネンは、1974年にサン＝テグジュペリのこの物語を映画化した。リチャード・カイリーが、パリからインドまでの予定だったテスト飛行の途中で砂漠に不時着するパイロット役を演じ、王子さま役は8歳の金髪の子どもスティーヴン・ワーナーに託された。振付師で映画監督のボブ・フォッシー（『キャバレー』『オール・ザット・ジャズ』）がヘビを、ジーン・ワイルダー（『夢のチョコレート工場』『ヤング・フランケンシュタイン』）がキツネを演じた。

スタンリー・ドーネンの『星の王子さま』は、物語を忠実に脚色し、そこに新たなシーンをつけ加えて彼が解釈し直したものと、ミュージカルとの中間にあたる。実際、歌ったり踊ったりするシーンがいくつかある。たとえば、将来パイロットになる語り手がボアに呑みこまれたゾウの絵を見せると、「これは帽子だ！」と口をそろえて叫ぶおとなたちの理解力のなさに反目する場面だ。また将軍のように、何人か新しく登場人物が考え出された一方で、地理学者は歴史学者に変わった。一部チュニジアの砂漠で撮影されたこの映画には、重要な場面がいくつかある。キツネ役のジーン・ワイルダーがぴょんぴょん跳ねながら王子さまとタンゴを踊る場面が、彼の喜劇の才能を再確認させたように。

この映画の見せどころは、なんといっても、ボブ・フォッシーが振り付けてみずから踊った『ヘビの踊り』だ。さらにこの踊れる役者の功績は、『ヘビの踊り』が1982年にマイケル・ジャクソンが収録した歌『ビリー・ジーン』のプロモーションビデオに明らかに影響を与えたことである。衣装（黒い服、黒い帽子、白いレギンス）から体の動きまで、その場での回転運動から手を振るジェスチャーまで、つま先でバランスを保つ姿勢から例の「ムーンウオーク」まで、マイケル・ジャクソンは少なくともボブ・フォッシーのダンスのステップに最大の敬意を払っている。しかし末っ子をプリンス・マイケルと名づけたこの「ポップの王様」こそ、ポピュラーミュージックの星の王子さまではなかっただろうか？

章扉：マーク・オズボーンのアニメーション映画に登場する星の王子さま。

右：枝に巻き付いているこのヘビはやがて人間に変身し、王子さまに敬意を表して踊り始める。この振り付けがのちにマイケル・ジャクソンという人物を生み出した……。

オーソン・ウェルズの映画化計画

オーソン・ウェルズは『人間の大地』を映画化するつもりだったが、その後、真夜中に同僚を起こして読んで聞かせるほど『星の王子さま』に感動した。サン=テグジュペリは昼夜時間もかまわず友人に電話をかけて、自分の書いた文章を読んで聞かせたものだが……。ウェルズは、本物の俳優たちが演じる映画を作り、そこに王子さまのさまざまな惑星への旅を詳しく物語るアニメーションの場面を補うことを考えた。ウォルト・ディズニーとの共同制作を望んだ──かならずしもディズニーを高く評価していたわけではない──が断られたため、彼はこの映画の製作をあきらめた。「この映画にはふたりの巨匠のための場所はない」。ディズニーは、協力者のひとりに自分が断った理由をこう打ち明けたとか……。

ブルーミントン大学（アメリカ合衆国、インディアナ州）が保管している4部の映画化案によれば、オーソン・ウェルズは自分自身が語り手とパイロット役を演じ、『星の王子さま』の大筋とその精神を尊重したいと考えていた。ウェルズがこれほど夢中になっていたとしても、別に驚くことはない。実際、1940年に封切られた彼の映画『市民ケーン』と、サン=テグジュペリのこの物語にはいくつかの類似点がある。たとえばどちらも、子ども時代への郷愁、お金の過度な影響力、不吉な死の影あるいは失われた純真な心をテーマにしている。

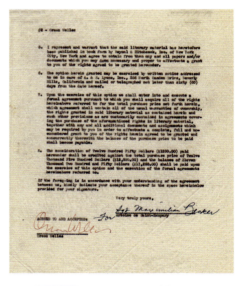

この頁：『星の王子さま』の映画化をオーソン・ウェルズに許可する契約書。

ハリウッドの星の王子さま、ジェームズ・ディーン

「こんにちは、僕、星の王子さまです」……言い伝えによれば、1951年ニューヨークに着いたジェームズ・ディーンは、作曲家アレック・ワイルダーに向かってこのように自己紹介したそうだ。ディーンは『星の王子さま』が大好きだった。彼はこの登場人物に自分の姿を見ていた。感じやすいもろさといたずらっぽさの混じったところが王子さまにそっくりだったからだ。1940年代初めニューヨークに滞在していたサン=テグジュペリに会ったことがある、と女友達のひとりに言ったほどだ……。本当はそのころ彼はたった10歳くらいで、まだインディアナ州の伯父、伯母の家で生活していたのに！ ジェームズ・ディーンには、『星の王子さま』の映画化計画を実現する時間はなかった。1955年に、25歳という若さで、自動車事故で彼は逝ってしまったのだ。

右：伝説的俳優で『星の王子さま』の熱烈な読者だったジェームズ・ディーン。

下：サン=テグジュペリのこの物語を読んで感動し涙を流した有名なレ・ザンコニュの三人、左からベルナール・カンパン、パスカル・レジティミュス、ディディエ・ブルドン。

『三人兄弟』

1995年に封切られたこの映画で、コメディアンの三人組レ・ザンコニュが、おたがいをよく知らない三兄弟を演じた。彼らはさまざまな予期せぬ出来事に立ち向かい、三人のうちのひとりの幼い息子を連れている。あるシーンで、ディディエ・ブルドンは坊やを寝かしつけるために『星の王子さま』の第21章を読んでやったが、坊やが眠ったあと、他のふたりと同じように思わず涙を流してしまう……。しかしサン=テグジュペリのこの作品に感動したと認めようとはしない！

1990年には、ジャン=ルイ・ギエルムが『星の王子さま』の映画を制作した。今のところ一般には公開されていないが、ギ・グラヴィス、ダニエル・ロワイヤン、アレクサンドル・ワーナーによるVHSビデオは観ることができる。

マーク・オズボーンのアニメーション映画

これは、夏休みにたったひとり家で退屈しているたいへん聞き分けのよい女の子の物語だ。仕事に忙しい母親は、娘の相手をする暇がないので、毎日の時間割を作って娘を管理している。夏休みの初日、プロペラが家の壁を突き破って応接間に飛び込んできた。すごい！　なんの前触れもなしに！　このプロペラは隣の家から飛んで来たのだ。隣人は個性的で少々変わり者だが、とても感じの良い老人で、庭で花や蝶々に囲まれて趣味の飛行機を作っている。また別の日には、紙飛行機が机の上に着陸した。折り畳まれたその紙には、奇妙な金髪の男の子の絵が見え、美しい物語の最初の文が読み取れた。不時着したパイロットに砂漠で出会うあの星の王子さまの物語だ……。

そのときから、少女はこの風変わりな老人と友だちになった。彼女はアリババの巣窟のような老人の家に会いに行き、そこで老人は、今まで一度も語ったことのないあの金髪の男の子の冒険の続きを彼女に詳しく話して聞かせた。王子さまの小惑星での生活、彼のバラに対する愛情、おとなたちとのさまざまな出会い、その他もっとたくさんの話を。立派なおとなになれるように用意してやった時間割なのに、それを守るどころか、娘が木登りをしていることを知った母親は怒りだす。さらに悪いことに、母親は娘に隣の老人と会うことを禁止する。

上：星の王子さまとキツネのデザインは、サン＝テグジュペリのデッサンが基になっている。

右：王様が王杖を手にすると、彼のマントはさまざまな色を帯びた。

しかし娘は、前もって定められた平穏な人生を望まない。彼女はあまりおとなになりたいと思わない。そしてパイロットが体調をくずして病院に搬送されると、彼女は、おじいさんがいろいろと話してくれたあの星の王子さまに会いに行こうと決心した。友だちのパイロットを助けられるのは王子さまだけなのだ。彼女はヘルメットをかぶり、ゴーグルをつけて、飛行機の操縦ボタンを全部押した……。さあ大冒険の始まりだ！

上：マーク・オズボーンとそのチームがデザインしたパイロット、ヘビ、バラ。

すぐ上：他の飛行機とは違う紙の飛行機には、砂漠に不時着したパイロットの物語が書かれていた……。

111

アントワーヌ・ド・サン=テグジュペリの『星の王子さま』が、初めて長編アニメーション映画のテーマになった。アニメ化したのは無名の監督ではない。2008年ジョン・スティーブンソンと組み、格闘技の大師範になることを夢見る不器用なジャイアントパンダが登場するあの『カンフー・パンダ』を制作して、すでに大成功を収めたマーク・オズボーン監督である。「僕はよくよく考え、成功の鍵は、この本を包括するさらに広大な物語を描くことだと悟った。星の王子さまとその冒険を大切に保管する宝石箱のような物語にすることだと」。マーク・オズボーンは、このアニメの構想をこう説明した。6,000万ユーロという予算に支えられて、監督はこの物語のみずからの解釈をスクリーンで表現するために、陣営の切り札をすべて投入した。彼は2種類のアニメーション技術を使った。つまり現実世界で繰り広げられる場面は3Dの合成映像を使い、星の王子さまの領域はコマ撮りされた3Dアニメを使うというように。

マーク・オズボーン監督を、信頼できる専門家チームが取り巻いていた。たとえば脚本家ボブ・パーシケッティ（『ターザン』『シュレック2』）や、舞台美術家の第一人者ルー・ロマーノ（『Mr.インクレディブル』『レミーのおいしいレストラン』『モンスターズ・インク』）のような。ピーター・デ・セブ（雑誌『ザ・ニューヨーカー』の表紙の作者で『ターザン』『ムーラン』『アイス・エイジ』『ファイディング・ニモ』などを手がけた）は、登場人物の制作を引き受けた。四角英孝（『塔の上のラプンツェル』『シュガー・ラッシュ』）は登場人物の表情を担当し、ジェイソン・ブース（『リロ・アンド・スティッチ』『カーズ』『ウォーリー』）は登場人物の動画を作り、アレクサンドラ・ジュハスツがアニメーションのシーンすべての線画を水彩画風に彩色した。音楽は、すでに『グラディエーター』から『イン

左頁、上：自分の星にいるうぬぼれ屋。

左頁、中：仕事に忙しいビジネスマン。

左頁、下：砂漠で音を立てなくなった語り手の飛行機。

右上：実物よりリアルな、教授、ビジネスマン、うぬぼれ屋。

すぐ上：『星の王子さま』の世界のすばらしい光景。

セプション』、『カンフー・パンダ』から『ライオン・キング』までの斬新な映画で8個のオスカーを授与された作曲家ハンス・ジマーに任された。

英語版では、おもだった登場人物の声は、レイチェル・マクアダムス（母親）、ジェフ・ブリッジス（パイロット）、ジェームズ・フランコ（キツネ）、ベニチオ・デル・トロ（ヘビ）が担当した。フランス語版では、クララ・ポアンカレ（女の子）、フロランス・フォレスチ（母親）、アンドレ・デュソリエ（パイロット）、ヴァンサン・カッセル（キツネ）、ギヨーム・ガリエンヌ（ヘビ）、ヴァンサン・ランドン（ビジネスマン）、ローラン・ラフィット（うぬぼれ屋）、ギヨーム・カネ（ムッシュー・P）らによって吹き替えられ、フランス人女優のマリオン・コティヤールは英語版、フランス語版両方で、王子さまのバラの声を担当した。注意深い観客であれば、映画のなかで、サン＝テグジュペリの友人で『星の王子さま』を献呈されたレオン・ヴェルトに向けられた小さな目配せにも気づくだろう……。

テレビ

『星の王子さま　プチ・プランス』

1978年、『星の王子さま　プチ・プランス』（『星の王子さまの冒険』）が子ども向け番組として日本のテレビで放送された。日本のアニメスタジオ、ナック・プロダクションが制作した39話のアニメだ。このアニメは、1982年にアメリカ合衆国で、さらに3年後には世界各国で放送された。西欧版のクレジットタイトルには、このシリーズはサン＝テグジュペリが創造した主人公から着想されたもので、「必ずしも原作どおりではない」と丁寧に明記されている。たしかに、原作をよく知っている読者なら必ず、このアニメーションの製作者たちが採用した許される範囲の自由な解釈に気づくだろう。

惑星B612では、王子さまは塔を頂く高い塀に護られた柔らかいベッドで眠り、起床すると、ふたつの火山で目玉焼きを作りコーヒーを温める。それから友だちの蝶々を追いかけて少し運動をする。彼のバラは可愛い少女で、1978年からフランスにも輸出されて人気があった『キャンディ♥キャンディ』の主人公キャンディと同じように、反り返った低い鼻と驚いたような大きな目をしている。当時の日本アニメの描画に関するさまざまな決まりごとが、全体的な美意識にたいへん影響を与えている。老賢者のような風采をした渡り鳥のスイフティーが、王子さまに他の星を探検するようそそのかす。そこで王子さまは広い世界を見つけるために出発した、野鳥たちに引っ張ってもらい、さらに虫取り網を使って空中で捕まえた彗星にしがみついて……。ちょっと愉快なのは、英語版のセリフに「ネスパ？（でしょう？）」「ヴォワラ（ほらね）」「セボン（よし！）」といったフランス語が散りばめられていることだ。

原作に対してある程度自由にふるまうすべての翻案と同様、この『星の王子さま』のアニメは潔癖症の人を驚かせ、さらには不快に感じさせるかもしれない。――しかしいずれにしても、「自分の」お気に入りの領域に手をつけられるとたちまち怒るのが潔癖家というものではないだろうか？　豊富な色彩とデール・シャッカーの心地よい旋律、たくさんの登場人物、全体に漂う嬉々とした陽気さなどが、見ていてとても楽しいシリーズにしている。それに「petit prince」の日本語的な発音（「プチ・プランス」）はとても魅力的だ……。

粘土でできた『星の王子さま』

粘土で創るアニメーション（クレイ・アニメーションまたはクレイメーション）の草分け、アメリカ人のウィル・ヴィントンが、1979年この技法で『星の王子さま』をアニメ化した。スーザン・シャドバーンがサン＝テグジュペリの原作を脚色し、クリフ・ロバートソンが語りを担当している28分間のこの短編は、テレビの視聴者を、半ば幻覚のようなシーンが散りばめられた夢幻の旅へと、さらには星の王子さまとキツネの出会いの場面へと運んでいく。

上：ウィル・ヴィントンの作品では、バラは王子さまと踊っているときは若い娘に変身し、踊り終わると元の姿に戻る。

彼らの黄色と青の輪郭がとつぜん抽象的な形に変化し、生まれたばかりのお互いの友情を讃えて不思議なバレーを踊り始める。画面は青みを帯びた光に覆われ、ヘビは黄色い光のかさのなかを動き回り、まるで幽霊のようだ。恐怖映画で評判を取ったアメリカの俳優ヴィンセント・プライスにそっくりの、墓の彼方から聞こえてくるような声が恐怖をかきたてる。濃い口ひげを生やしたパイロットが足を引きずりながら砂の上を歩いているが、その動きがぎこちないの

この頁：ウィル・ヴィントンのアニメーション映画は、サン＝テグジュペリの物語の詩情豊かな幻想の世界を映し出している。

は、おそらく当時の技術的な制約によるのだろう。バラは、申し分なくしとやかで気取っており、若い娘に変身して王子さまとダンスを始める前には、髪を整えているようにも見える。古めかしいが見直す価値のある魅力的で斬新な作品だ。

115

ドイツ語版『星の王子さま』

1966年、コンラッド・ウルフによって制作されたテレビ放送用の『星の王子さま』（ドイツ語でDer Kleine Prinz）が東ドイツで放映された。1990年には、西ドイツの第2公共チャンネルZDFが、サン=テグジュペリの物語のテレビ映像を放送した。

テオ・ケルプは、背景を水彩絵の具で彩色し、従来の方式で1時間もののアニメーション映画を作った。『NARUTO―ナルト―』の主人公にそっくりの麦の穂のような髪をなびかせた王子さまは、奇妙ないでたちで、胸まで上げた青いズボンをはいている。パイロットはといえば、3日は（あるいはもっと）剃っていないような汚らしいあご髭を生やしているので、口も含めた顔半分は隠れている。

ぎごちない足取りで砂漠を歩くふたりの登場人物を描いているシーンは、ときには古くさいアニメのようだが、この映画には魅力が満載だ。王子さまが自分の青い星に置かれた木の椅子に座っている光景は、草むらでキツネといっしょに太陽に向かって座る王子さまを描いた場面と共に、ある種の詩情に満ちている。そして高く積み重なった石のように、乱雑に地面に積み上げられた大量の数字が、ビジネスマンの星の愉快なショーを見せてくれる。

オリジナル版でしか見られないことが唯一の欠点で、ドイツ語がわからないとお手上げだ。一羽の鳩に座って、「さようなら（アデュー）」と言いながら、自分の星を離れる王子さまを描くシーンを除いては。

この頁：上から順に、コンラッド・ウルフの映画で、パイロット、王様、うぬぼれ屋と会話する星の王子さま。

リシャール・ボーランジェ

1990年、多くのテレビ番組を演出したジャン＝ルイ・キャップのテレビシリーズで、俳優リシャール・ボーランジェがパイロットと語り手役を演じた。アフリカが大好きなこの俳優は、温かみのある嗄れ声で、いつものように激しくまたは控えめに、魅力的で信頼できるパイロットをみごとに演じている。『星の王子さま』の「陰の声」はフローレンス・ケイロンだ。

『ロスト』

アメリカのテレビシリーズ『ロスト』の、シーズン5の第4話は「星の王子さま」というタイトルがつけられ、アーロンという名の3歳の金髪の少年が登場する。そして「ベーシクスドゥーズ」（B612）という謎の文字が、科学者たちによって発見された船の残骸にあらわれる……。

上：サン＝テグジュペリの星の王子さまを「巧妙に間違えて」解釈した、『レ・カソス』の星の王子さま。

『フューチュラマ』と『レ・カソス』

『ザ・シンプソンズ』『フューチュラマ』の作者で、アメリカ人マンガ家のマット・グレイニングが、SFにユーモアを加えたテレビアニメシリーズを制作して、星の王子さまを登場させた。星に立って王子さまが新聞を配達してもらっている。そして別の場面では新聞を顔面に食らい、「ひどい！」とわめきながら宇宙に飛び出していく。

王子さまは、2013年からインターネットで配信されたフランスのアニメーションシリーズ『レ・カソス』（「社会事情」の略称）のヒーロー――あるいはむしろアンチ・ヒーロー――のひとりにもなっている。『レ・カソス』は、映画やマンガ、テレビゲーム、アニメーションなどの登場人物を使って、彼らをソーシャルワーカーのオフィスに登場させ笑い物にする。彼らはソーシャルワーカーに自分たちの困難な状況を打ち明ける。わざと「低俗な」スタイルで描き直されたこの王子さまは、サン＝テグジュペリの星の王子さまにはあまり似ていない。下品で無作法な王子さまはソーシャルワーカーに「あいつを描いてくれ」と頼み、「彼女はナルトも描けない」と言ってばかにする。

117

フランス3チャンネルのアニメーションシリーズ

物語の登場人物たちは幸運だ。彼らは老いることがないのだから。星の王子さまは、1943年に誕生して以来ずっと同じままである。しかし「現実の人生」では人間はつねに進化している。そして今の子どもは、前の世代の子どもと同じではない。彼らの好み、文化的な経験、レジャーやお気に入りのメディアなどは昔の人とは違う。今や読書は文化を理解するための主要な情報源ではなく、書物は他の表現手段と競いあっている。たとえ鉛筆で紙に書かれた絵が魅力的であっても、映画やテレビゲームの画面と同じだけの説得力はないかもしれない……。

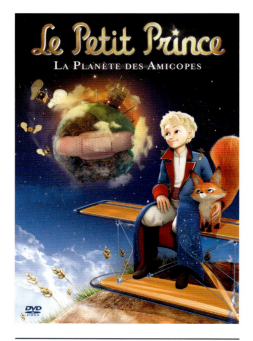

上：『盗み聞きの惑星』、フランス3チャンネルで放映されたアニメのなかの一挿話。

左：キツネは星の王子さまの友だちになり、王子さまがヘビの策略の裏をかくのを助ける。

118

では、広く若い世代に『星の王子さま』に出会いたいという気を起こさせるにはどうすれば良いのか？ メソッド・アニメーション・プロダクションとアントワーヌ・ド・サン＝テグジュペリの相続人たちは、ピエール＝アラン・シャルティエが制作し、2010年12月からフランス3チャンネルの子ども向け番組『リュド』で放送された3Dのアニメシリーズを通して、「新しい」星の王子さまを誕生させようと思いついた。それ以後、合成画像で生まれたこの王子さまは、ヘビの悪意からさまざまな惑星を守るために、そして平和を守るために、友だちのキツネといっしょに宇宙を飛び回っている。もちろん彼のバラに毎日手紙を書くことも忘れない。

上：第2話では、見かけはときに人を欺くから、それを信用してはいけないことを、王子さまがふたたび証明して見せるだろう……。

右：身軽さと機敏さを与えてくれる豪華な衣装を身にまとう前の、ふだん着の王子さま。

サン=テグジュペリの作品から、しばしば用いられる言い方で言えば「自由に発想され」た、36個の惑星を巡るこの物語は、冒険と詩情をあわせ持っており、準備に3年を要した。この作品は、単なる『星の王子さま』の続編である以上に、王子さまの世界についての新しい解釈を提案している。クレジットタイトルの曲はヤニック・ノアが歌い、ガブリエル・ビスミュト=ビアンネメが王子さまの声で出演し、ギヨーム・ガリエンヌがヘビの声を担当した。

上：シリーズの各回の終わりには、王子さまが飛行機を操縦して小惑星B612に還っていく。

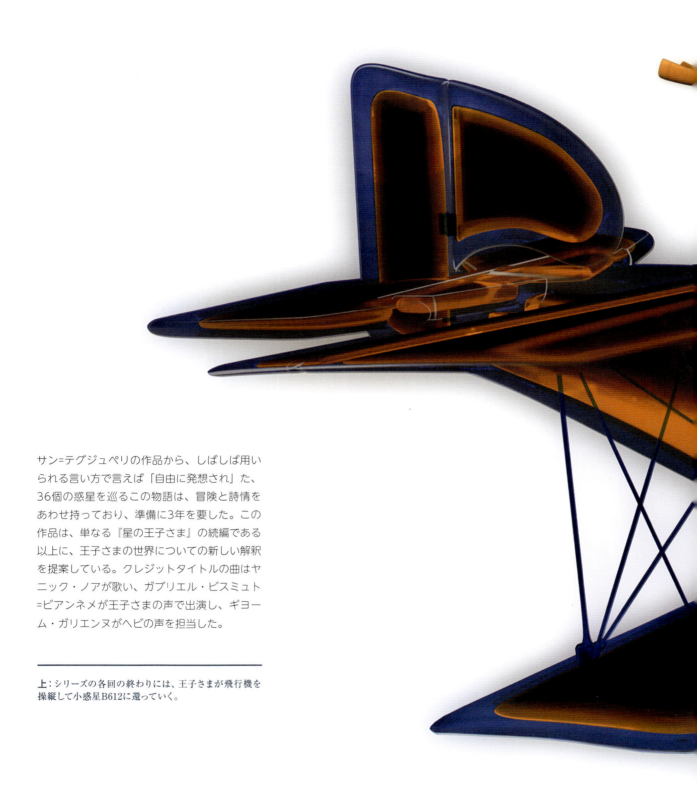

第7章
舞台の『星の王子さま』

演劇

「サン=テグジュペリのテクスト、それは、すでに演劇である。……『星の王子さま』がこれほど舞台で映えるのはそのためなのだ」
ヴィルジル・タナズ

『星の王子さま』の舞台公演のリストを作成することは、フランスの舞台だけにかぎったとしても、ビジネスマンの星を数えるのとほとんど同じくらい長くてうんざりするだろう！ 1949年、パリのムフタール通り76番地で、ル・シュヴァル・アルルカン劇団が「ふたりの役者といくつかのマリオネット、1台の幻灯のための芝居」を上演したようだ。1963年には、（ベルギーの）役者レイモン・ジェロームが、パリのマチュラン劇場で4か月間、ひとりで舞台を務めている。彼は台本を作成し朗読すると同時に、サン=テグジュペリの水彩画に基づいて描かれたカラーのアニメーション映画も上映している。1967年には、有名な役者ジャン=ルイ・バローが、オデオン劇場でサン=テグジュペリを演じている。

パリのリュセルネール劇場では、ジャック・アルドゥアン翻案による『星の王子さま』がギィ・グラヴィス劇団によって上演されたが、これは1977年から2001年までに1万回以上も長期にわたって演じられてきた。ここでは特に簡素な演出を重視している。三人の役者だけで役柄を分け持っているのだ。すなわち、パイロット、王子さま、そして三人目の役者が残りの登場人物のすべての役を演じている。

章扉：ラ・ジェオードで、光と音のスペクタクルの際に再現されたサン=テグジュペリの飛行機。

この頁：2011年、ベルリンのアドミラルパラスト劇場で、ローレンツ・クリスチャン・ケーラーによって演出された翻案の呑んべえとうぬぼれ屋。

124

1985年、ベルナール・ジェニーは、ストラスブールのシュークルトゥリーで『星の王子さま』を上演した。ステファヌ・ペズラ、彼は「サン=テグジュペリの伝道者になって、あらゆる年齢の観客にこの傑作の不可思議な魅力、夢、感動そして哲学を伝えること」を望んだ。モロッコの砂漠の砂丘でこの物語を演じたあと、彼はそれをフランスの舞台で、また恵まれた自然の舞台背景を利用して浜辺でも上演した。というのは「『星の王子さま』の世界は、星空の下、戸外へと広がっている」からだ。そして、2008年以来、（サロン=ド=プロヴァンスにあるサン=テグジュペリ……通りに設置されている）トロワ・アンガール劇場、今日ではアンガール・パラスに名まえを変更しているが、そこでは、ジャン=ルイ・カムーンによって構成された『星の王子さま』の舞台を定期的に上演している。

2011年11月24日から2012年1月8日まで、『星の王子さま』はコメディ=フランセーズの小劇場で上演されることになった。当時「フランス座」の準座員であったオーレリアン・ルコワン演出によるこの物語は、4人の役者によって演じられた。バンジャマン・ユンガー（王子さま）、クリスチャン・ゴノン（語り手、こだま、キツネ）、シュリアーヌ・ブライム（バラ、3枚の花弁をもつ花、こだま）、そしてクリスチャン・ブランだが、彼は他のすべての登場人物を演じた。

2011年、ベルリンのアドミラルパラスト劇場では、ナンダ・ベン・カーバネという女性が王子さまを演じた。そして、この作品を演出したローレンツ・クリスチャン・ケーラーが、パイロットの役を受けもった。地理学者はといえば、ほかならぬドイツの有名な役者ブルーノ・ガンツである。彼は、数年前の1996年に封切られたアナンド・タッカーのイギリス映画『星の王子さまを探して』で、アントワーヌ・ド・サン=テグジュペリを演じていた。

右上：サン=テグジュペリの登場人物の役を演じるナンダ・ベン・カーバネ。
女性によって演じられる王子さま、もちろん駄目なわけがないでしょう？

すぐ上から右へ：2011年、ベルリンのアドミラルパラストの上演におけるうぬぼれ屋、パイロット、ハゲタカ。

上：ヴィルジル・タナズの演出では、若い役者たちが王子さまとバラの役を交代で演じている……。

右頁：……語り手は、長くて白いスカーフと明るい色の服装からそれとわかる。

1998年、ハリケーン・ミッチのために、ホンジュラスでは数千人の死者と行方不明者が出た。この大災害の直後に、ケベックの演出家アナイス・バルボー＝ラヴァレットは、この国で一年間過ごした。彼女はホンジュラスの演出家と協力して、『星の王子さま』の翻案であるエル・プリンシピト（*El Principito*）を上演するが、それはスラム街出身の子どもたちによって演じられた。数か月稽古したあと、エル・プリンシピトは国立劇場の舞台にかけられ、2000年5月にはケベックでも上演された。他に例をみないこの王子さまたちの物語は、2001年にドキュメンタリーとして記録された。

ルーマニア生まれの小説家、演出家そして劇作家であるヴィルジル・タナズは、ガリマール社（フォリオ叢書）から出版されたサン＝テグジュペリの伝記を書いている。彼はこの作家の作品に精通していて、ルーマニアにいた頃に『城砦』を翻訳していたが、2005年には『星の王子さま』を翻案・演出している。最初はパリで――コメディ・デ・シャンゼリゼ、ミシェル劇場、タンプル劇場、ペピニエール劇場――続いて地方へ、さらにドバイ、モロッコ、スイス、そしてモスクワに至るまで。彼は自分の演劇を、「自分がかつてそうであった子ども、おとなとしてうまく生きていくために口を封じてしまった子ども、そんな子どもに直面したひとりの男の演劇」として描いている。「……そして、この見せかけの世界で、真実の唯一の中心が私たちの奥底に潜む子どもによって保たれている、そのことを認識せざるを得なくなるときが来るのだ」

『星の王子さま』は、ドイツ――早くも1950年――からイタリアまで、またベトナムからアフリカまで、いろいろな国々で上演された。『ナビ＝ビラ』と題された街頭演劇では、王子さまは21世紀へと連れて行かれた。彼はいくつもの惑星を訪ねたあと、自分のバラと再会することを願うが、乗っていた飛行機がワガドゥグーの通りで故障する。それを修理するために解決策を探しているとき、彼は住民の好奇心と警戒心とに向き合わなければならない。彼は自分の物語を話すことに決めた……。口承がもつ創造力をたたえて、『ナビ＝ビラ』は、2014年ブルキナファソの首都ワガドゥグーで上演された。

オペラとミュージカル

1964年にサン=テグジュペリの物語を翻案した旧ソ連人のレフ・クニッペルに続いて、2003年には、イギリスの作曲家レイチェル・ポートマンが『星の王子さま』に基づく2幕28場からなるオペラを上演する。台本はニコラス・ライトが書き、フランチェスカ・ザンベロが演出を担当した。このオペラはヒューストン・グランド・オペラ劇場で初演されたあと、二年後にはニューヨーク・シティ・オペラ劇場で再演された。その語りは、惑星、星々、小鳥たち、さまざまな登場人物を演じている子どもたちのコーラスが受け持っている。初演ではおとなのソプラノ歌手が演じたバラの花は、ニューヨークでは少女の姿であらわれた。25,000人以上の子どもたちが役を得ようと応募した！　そのうち7歳から16歳までの6,500人が、オーディションを受けることになった……。そして幸運にも選ばれた子どもたちだけが、王子さまとバラの役につく幸せを得たのである。2004年にはイギリスのチャンネルBBC2によって放送され、その2枚組みオーディオCDとスペクタクルのDVDが入手可能である。

「『星の王子さま』の演劇的神話はほとんどモーツアルトと同じ次元のものである」
ミカエル・レヴィナス

2006年には、ドイツ出身でオーストリアのピアニスト・作曲家ニコラウス・シャプフルが、ドイツのカールスルーエで、セバスチアン・ヴァイグレ台本による2幕16場の新しいオペラを上演した。『星の王子さま』とニコラウスとの愛の物語は幼少期にさかのぼる。わずか6歳のとき、叔父さんからサン=テグジュペリの本を贈られたのだ。ニコラウスはフランス語が読めないし、この物語のことばを理解していないが、それでもバラの花によって魅せられずにいられない……。彼は1990年にこの企画を練り始めている。そして彼のオペラの最初のオーディションは、ザルツブルクで1998年のことだ。2006年、このオペラは『星の王子さま』60周年を記念して、カールスルーエ国立劇場で2,500人の観客を前にふたたび上演され、その後フランス語に翻訳されることになる。

レイチェル・ポートマンとまったく同じように、ニコラウス・シャプフルは、いろいろな年齢層の子どもたちや家族からなる観客の心をとらえようと努めた。この小さな物語のために舞台上に置かれた飛行機は、本物の当時のロッキードP-38ライトニングであった。それは、1944年サン=テグジュペリが行方不明になったときに乗っていた飛行機と同機種である。

2010年5月29日、ロシアのサンクトペテルブルクにあるミハイロフスキー劇場は、病気の子どもたちに救いの手を差し伸べている「オーフル・ラ・ヴィ財団」によって企画されたスペクタクルに舞台を提供した。ロシアの映画、演劇、ロックの約30人のスターたちが、サン=テグジュペリの物語のなかのもっとも美しい章のいくつかを演じている。

2014年には、今度はミカエル・レヴィナスがこの作品をもとにオペラを創作し、スイスのローザンヌのオペラ劇場で上演した。このフランスのピアニスト・作曲家はこう述べている。「『星の王子さま』の演劇的神話は、ほとんどモーツァルトと同じ次元のものである。それは同時に驚異と優美さを、またさらに究極のはかなさ、そして過酷な人間の現実に直面した深刻さを表現している。ここにその逆説的な力があるのだ」

上：レイチェル・ポートマンの王子さま、25,000人の応募者のなかから選ばれた幸せな合格者のひとり。

最上：『星の王子さま』のなかで、「子どもたち、バオバブの木に注意しなさい！」と、語り手は注意を促す。

上：王子さまの歌が語り手の飛行機を再出発させることができるなら？

左：「僕は思うに、王子さまは星から逃げ出すのに、渡り鳥を利用したのだ」

2002年10月から2003年1月まで、カジノ・ド・パリで、フランスの歌手・作曲家リシャール・コクシャンテの作曲による『星の王子さま』のミュージカルが上演された。彼はそれを、「物語と音楽とが融合するパステルカラーの音楽詩」と考えている。パイロットの役は、カナダの歌手・ピアニストであるダニエル・ラヴォワに任された。王子さまの役は、13歳の少年ジェフが演じた。台本のテクストは、エリザベス・アナイス――カトリーヌ・ララ、ガルーあるいはモラーヌの作詞家――が書き、演出はオペラの作家・演出家ジャン=ルイ・マルティノティが担当した。ホログラムをベースにした特殊効果や、一流デザイナーのジャン=シャルル・ド・カステルバジャックが制作した衣装によって、このスペクタクルはすばらしい成功を収め、その公演先は、サン=テグジュペリの作品を心から歓迎する国である韓国にまで及んだ。

上：2006年、カールスルーエ（ドイツ）で上演されたニコラウス・シャブフルのオペラにおけるうぬぼれ屋の役。

右：王子さまの後ろにヘビ役の女性が立っている。ニコラウス・シャブフルのオペラでは、ヘビは女性が演じた。

「これは、天使たちの約束の場所、恩寵の十字路だ」
アルバン・スリジエ

上：2004年2月29日、ミュンヘンのフィルハーモニー・ガスタイクで、セバスチアン・ヴァイグレ指揮によるオーケストラの前の王子さまとパイロット。

2010年、ソニア・ペトロヴナは、アヴィニョンのオペラ劇場で「メタフィジック」と名づけたダンスのスペクタクルを考案し、演出し、踊った。ローラン・プティジラールがその音楽を作曲し、エリック・ブローが振り付けを担当した。ダンサーで女優のソニア・ペトロヴナは、とりわけルキノ・ヴィスコンティの『ルートヴィヒ──神々の黄昏』に出演している。12人のダンサーと約20人の合唱隊員を伴って、彼女はいくつかの作中人物をひとりで演じ、その音楽の雰囲気に合わせた舞踏によって、物語に特別な効果を与えた。みずからの上演にあたって、「私はこの物語が好きです」と、このダンサーは言った。「ここには美しさと深みがあると思います……私たちの人間性すべてがあるし、これはほんとうに詩なんです！」

2014年12月5日から2015年1月11日まで、アンヘル・ジャセルは、マニュ・ギックスがバラード、ジャズそして現代音楽を取り入れて書いたミュージカルを上演して、バルセロナで5万人以上の観客を魅了した。

『星の王子さま』はまた、アメリカからカナダまで、そしてフィンランドからドイツまでさまざまな国で、バレーの様式でも翻案されている。ドイツではグレゴール・ゼイファルトが、サティ、パスカル・コムラード、プロコフィエフ、バッハあるいは……レ・タンブール・ドェ・ブロンクスを取り入れて2幕のスペクタクルを上演した。

アルチメディアによる
スペクタクル

1996年、ポワチエにあるフュチュロスコープは、ジャン=ジャック・アノー監督の立体映画『愛と勇気の翼』を放映した。その映画はアンリ・ギヨメのアンデス山脈での英雄的行為をたどるもので、そこにアントワーヌ・ド・サン=テグジュペリがあらわれる。1987年に最新のテクノロジーを駆使して創設されたこのレジャーランドの25周年を祝うために、「想像の世界館」と名づけられた建物で、『星の王子さま』を讃えて、五感に訴える最新のアトラクションが上演された。この物語の世界が4次元に繰り広げられているのだ。3D眼鏡によって可能になった立体感を越えて、あらゆる感覚に刺激が与えられる。レーザーブルーによって光を当てられたシャボン玉が目の前に落ちてくると、観客は雨と霧の効果を感じるような気がするのだ。

2011年9月24日、デファンス地区の広場で、ジョゼフ・クチュリエの演出による、「音と光」のスペクタクルが無料公開された。このとき砂漠に変えられたグランダルシュの壮大な舞台装置に囲まれて、『星の王子さま』の物語が俳優ピエール・アルディティによって朗読された。王子さまとバラたちは、そのグランダルシュの壁にきわめて大きく投影された。子どもたち……そして彼らの両親たちが驚嘆している前で、華々しい花火が物語のさまざまな場面に彩りを添えた。

同年、ニューヨークのニューヴィクトリー劇場で、リック・カミンズとジョン・スクーラーは、パイロット役を演じるたったひとりの役者だけの『星の王子さま』のスペクタクルを上演した。王子さまと他のすべての役はマリオネットが演じている。他の上演でも同じようにマリオネットが使用された。たとえば、王子さまがもっとも人気のある国のひとつ、ブラジルでは、コンペーニア・ムトゥア劇団が『サン=テグジュペリという名の王子』で、アエロポスタル社時代から死までの作家の人生を描いた。2005年には、プラハのタ・ファンタスティカ劇場で、リヒャルト・マスカが、俳優たちとマリオネットを取り混ぜた音楽とダンスのスペクタクルを上演している。

2014年2月、ソチ（ロシア）のオリンピック大会では、フランスのスケーター、ナタリー・ペシャラとファビアン・ブルザが、スケートプログラムのテーマに『星の王子さま』を選んだ。この物語を喚起させながら、彼らは王子さまとバラに象徴される男女の関係を表現した。

2014年、アントワーヌ・ド・サン=テグジュペリの没後70周年の際に、彼が生まれた街リヨンで、光の祭典の一環として「夜の夢」が彼に捧げられた。クララ・シガレヴィッチ、ダミアン・フォンテーヌ、ジャン・クリストフ・ピフォーによって考案されたこの視覚に訴える夢幻劇は、17分間、30分おきに映し出されて、ベルクール広場に陣取った観客を大いに魅了し

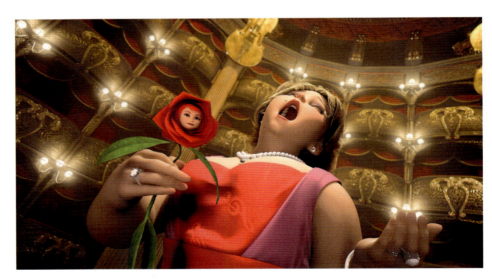

上：ポワチエのフュチュロスコープにおいて、『星の王子さま』に捧げられたアトラクションで声高らかに歌うバラ。

132

た。パリのヴィレット公園にあるシアター、ラ・ジェオードでは、ジャンニ・コルヴィとピエール・ゴワミエが製作した「ジェオードの星の王子さま」という題のマルチメディアによるスペクタクルが上演された。5分間のこの映像作品は、ヴェルディやドビュッシーの音楽を伴い、実写フィルムや特撮の合成映像によって、サン＝テグジュペリの生涯をたどっている。同年、ニームでは、マルグリットの夏祭りの際に、この作家の作品をフランス、ロシア、ウクライナの40人のダンサーが一団となって舞台上で踊っている。

この頁：光と花火の戯れ。もしパイロットが砂漠ではなく、デファンス地区のグランダルシュの上空を飛んでいたなら、彼はおそらく迷わなかっただろう……

133

録音

『星の王子さま』の読者たちはだれもが、繰り返し何度も読んでいるから、サン＝テグジュペリの主人公の声を思い思いに想像していた。しかし、1954年、サン＝テグジュペリが行方不明になってから10年後に録音されたレコード盤は、間違いなくこの物語と音声とをしっかりと一致させることに貢献した。語り手役のジェラール・フィリップの温かくて落ち着いた声に、王子さま役のジョルジュ・プージュリの声が釣り合っている。プージュリは当時14歳、1951年ルネ・クレマン監督の『禁じられた遊び』で、ブリジット・フォッセと共演して注目された。その他、ピエール・ラルケ（点灯夫）、ミシェル・ルー（ヘビ）、ジャック・グレロ（キツネ）、シルヴィ・ペラヨ（バラ）といった有名な俳優たちがさまざまな登場人物たちを演じている。アンドレ・サレが製作したこの録音は、アカデミー・ディスク大賞を受賞した。オリジナルの物語の3分の1にあたる約30分の長さの縮約版だが、この物語を伝説化するのに十分である。

上：俳優ジェラール・フィリップ（彼の名まえはただ「p」と書かれている）は、語り手の忘れがたい演技のおかげで人びとの心に記憶された。

上右：レーヌ・ロラン朗読による『星の王子さま』のふたつの抜粋入り45回転レコードのジャケット。

「私は『星の王子さま』を再読する(バラとキツネの物語、王子さまと死の出会いに感嘆し、優しい感情がこみあげてくるのを押さえることができない)」
ジェラール・フィリップ

ドイツでは、1959年にウィル・キャドフリーグが朗読を録音した。フランスでは、レーヌ・ロランが、この物語のふたつの抜粋部分、「王子さまとバラ」と「王子さまとキツネ」の朗読を45回転レコードに吹き込んだ。しかし、ジェラール・フィリップに続くには20年近く待たなければならなかった。1972年に、フランスの俳優ジャン=ルイ・トランティニャンが、王子さま役のエリック・ダマンと共に、この課題に挑戦した。翌年、今度はムールージとエリック・レミが、クロード・ピエプリュ(キツネ)、ジャン・カルメ(点灯夫)、ダニエル・ルブラン(バラ)、ロマン・ブーテイユ(ビジネスマン)といっしょにその後に続いた。1978年には、ジャック・アルドゥアンが録音した。それには、ジャン・マレー、マリーナ・ヴラディ、ジャン・ル・プーラン、ジャン=クロード・パスカル、そして王子さま役のジャン=クロード・ミロといった人気のある俳優たちが参加している。

その後も、他の有名な俳優たちが『星の王子さま』の録音版への出演を引き受けた。ピエール・アルディティからサミー・フレイまで(『星の王子さま』のCD-ROM版への録音)、ベルナール・ジロドーから英語圏のリチャード・ギア、ケネス・ブラナー、ヴィゴ・モーテンセンといった俳優、さらに映画『善き人のためのソナタ』に出演した忘れられないウルリッヒ・ミューエなど。そしてもちろん、2001年にラジオ・カナダが放送したミシェル・デュモン(語り手)とマーティン・ペンサ(王子さま)のデジタル完全版も忘れてはならない。

上:ウルリッヒ・ミューエによる『星の王子さま』の朗読は、もっとも人気のあるレコード盤のひとつである。

シャンソン

アントワーヌ・ド・サン=テグジュペリの物語は、世界中で多くの歌手たちにインスピレーションを与えた。『スエードヘッド』（1988年）の歌のプロモーションビデオでは、イギリスのロックグループ「ザ・スミス」の元リーダー、モリッシーが小さな金髪の少年から封筒を渡される。彼がその封筒を開けると一冊の『星の王子さま』が入っているのだ。それから、あのジェームズ・ディーンが埋葬されているアメリカのインディアナ州にある町、フェアマウントの通りでその本を読むというわけである。

1983年には、オランダの電子音楽作曲家トン・ブロイネル（1934-1998）が、サン=テグジュペリのテクストに基づいた『さようなら、王子さま』を録音する。2003年にイスラエルのリ=ロン合唱団が王子さまを称えて歌い、2006年には日本人歌手の川江美奈子も歌った。カナダの歌手リッチ・オーコインは、サン=テグジュペリの作品に着想を得て、アルバム『イフェメラル』を創り、これが2014年に発売された。そのなかで彼は、自分の音楽とウィル・ヴィントンのアニメーション映画とをシンクロさせている。

他にも何人ものフランスのアーティストたちが、自分たちの歌詞のなかに王子さまを登場させている。

ジルベール・ベコー：
『王子さまが帰ってきた』（1966年）

ねえ君、サン=テグジュペリさん、
見知らぬ王国のなかで、
君がどこにいようと、僕は君にこう言うよ、
王子さまが帰ってきたと ［…］
そして、王子さまはあちこちで君の声と君の姿を探している、
王子さまはあちこちでたずねている：
「あなたは彼に会いませんでしたか？」 ［…］
「……砂漠にいるこの人はなんでも食べたがる小さなヒツジたちのために箱を描いてくれたんだ、なんでも食べたがる小さなヒツジたちだって？」そうなんだよ！

ジェラール・ルノルマン：
『星の王子さま』（1973年）

彼がだれなのか知らない、
彼がどこから来たのか知らない。
彼はその朝の露と一緒に生まれた、
両手には一本のバラ。 ［…］
彼はしょっちゅう懐かしがっていた、
そのバラの花を、自分の火山を、
彼はヘビに頼んだんだ、彼の友だち、
友だちを自分のところに連れてきて欲しいって。

左下：1967年、ジルベール・ベコーはすでに『バラはあこがれ』の歌で、サン=テグジュペリの世界にそっと触れていた。

右下：1973年発売、ジェラール・ルノルマンの歌『星の王子さま』の45回転レコード・ジャケット。

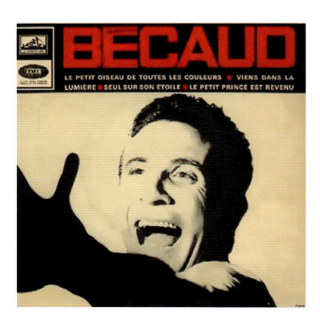

ジーン・マンソン：
　『人間の大地』（1987年）

もしあなたの王子さまが地球上に帰ってきても、
サン=テグジュペリさん、
点灯夫に出会うことなく
とても驚くでしょう。
彼は悲しみ、あなたのかわいい坊やは、
もはや人間の大地がまったく分からないでしょう。

アルト・メンゴ：
　『星の王子さま』（1990年）

王子さまは死にそうだ、孤独のあまり、
夜明けの光を燃え尽くして、不安な夕暮れに。
火山は消えた、あちこちの庭に咲くバラに、
飛散した砂、おぼろなカンテラの灯。［…］

ダミアン・サエス：
　『星の王子さま』（1999年）

やあ君、流れ星よ、
この地上では、それは王子さま。［…］
幾夜も、君のことを探し求めているんだ、
そして、翼は生えなかった、
だって今夜、そういう決まりなんだよ、
僕は去っていくんだ。

ミレーヌ・ファルメール：
　『ヒツジの絵を描いて』（2000年）

ヒツジの絵を描いて、
空は想像もつかないほど空っぽだわ。
そうよ、
ヒツジの絵を描いて、
またむかしの子どもに戻るの。

ヤニック・ノア：
　『歩きなさい』（2010年）

惑星から惑星へ、
地上の王子さま、
どんな詩人のどんなことばも
宇宙をふたたび描いている。

「ヒツジの絵を描いて、またむかしの子どもに戻るの」
ミレーヌ・ファルメール

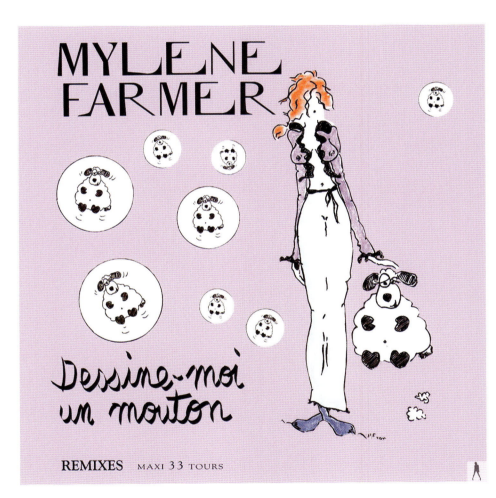

上：ミレーヌ・ファルメールのヒツジは、サン=テグジュペリ
自身が描いたヒツジとは似ても似つかない……。

137

第8章
マンガと絵本の『星の王子さま』

サン=テグジュペリ、最後の飛行

「ああ、アントワーヌ……夕日が見たくてそこ
にいるの？」
「でも……君はここでまだ何をしているんだ
い？」
「お願い、ぼくにヒツジの絵をかいて」
「前にそれをかいてあげたじゃないか……」
「あれは星といっしょに行ってしまったんだ
……」
「星といっしょに行ってしまったなんて、どう
して？……僕はけっしてそうはかいてないよ
……」

1944年7月31日月曜日11時54分、アント
ワーヌ・ド・サン=テグジュペリが人生最後の
飛行で地中海に沈んだとき、星の王子さまと最
後の会話をしている。王子さまは雲の上に置か
れた椅子に座っていた。ともあれこれは『最後
の飛行』のなかで、海洋冒険コミックスの主人
公コルト・マルテーズの生みの親であるユー
ゴ・プラットが語っていることである。ユー
ゴ・プラットの物語はつねに疑ってかからなけ
ればならないが、絶対にというわけではない。
というのも、彼の物語はおそらく純粋な作り話
でしかないからだ。「私はまるで嘘であるかの
ように真実を語るのだ」と、『最後の飛行』の
序文でこの作家は明言する。「他の多くの作者
が真実であることを願いながら嘘を語るのとは
違い、私はまるで嘘であるかのように現実を語
る。そうすると、現実が二重、三重となり、読
者は私の語ったことのいくつかは真実だったと
わかる。だからこそ、読者はいっそう強い関心
を持って私の語ったことを探求するために出発
するのだ」

「私はまるで嘘であるかのように真実を語るのだ」

サン=テグジュペリの失踪から50年後の1994
年に完成し、1995年に出版された本書は、
ユーゴ・プラットの最後の作品となった。これ
はサン=テグジュペリの子孫の注文から生まれ
た果実なのだ。ユーゴ・プラットとの対談集
『コルトの向こうへ』の著者ドミニック・プ
ティフォによると、プラットは『星の王子さ
ま』にあまり関心を持っていなかったものの、
メルモーズからは創作意欲をかきたてられたよ
うだ。プラットは星の王子さまに重要な役割を
与えたかったが、著作権のために受け入れられ
なかった。そのため、彼は夢と現実の間で揺れ
動く物語を考えた。その物語のなかで、サン=
テグジュペリは、死ぬ数分前に自分の人生の大
きな節目をふたたび目にする。波瀾の飛行は薄
青色のなかに描かれ、過去への回帰がセピア色
であらわれる。

飛行機の供給能力不足による酸欠のせいで、サ
ン=テグジュペリは意識朦朧となった。ヒツジ
の形をした雲とすれ違い、彼の人生の忘れがた
い人びとに再会し、現在と過去の絶え間ない往
復のなかにいた。「私は酔ったようだ……おそ
らく、アメリカの酸素のせいではないだろう
か？」パイロットは意識が少しずつ混乱するな
かで自問する。「だんだん暗くなってきた……
この酸素のせいだろう……マスクを……取り除
いたほうがいいのだろう……私は酔ってい
る！」死はこの飛行の果てに、この本の果てに
ある。神秘的な最後のことばを発するサン=テ
グジュペリの死。「私は死がなんであるのかを
発見した。死、それは……」ユーゴ・プラット
の死もそうである。1994年の秋、『最後の飛
行』──まさに死を予期させる表題である──
を書き終えたときに、彼は癌で苦しみ始めた。
それが、数か月後の1995年8月、彼の命を奪
うことになったのだ。

章扉：ジョアン・スファールの見た、星の王子さまとパイ
ロット。

右頁：疲れを知らぬ地球の測量士であるユーゴ・プラット
は、別の偉大な旅行家であるアントワーヌ・ド・サン=テ
グジュペリに敬意を抱いている。

ジョアン・スファールの『星の王子さま』

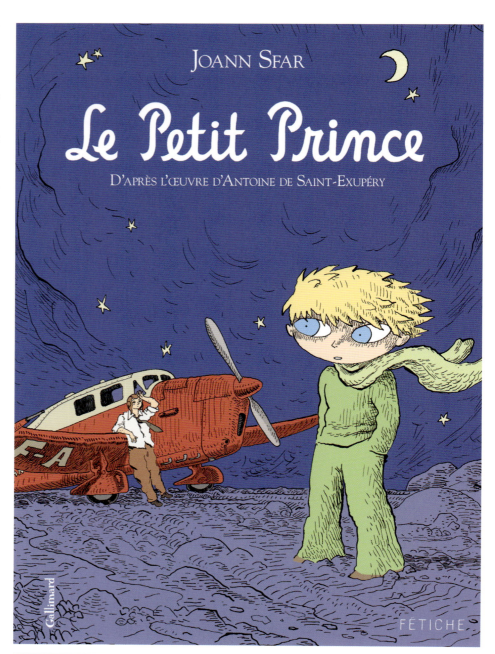

「僕はマンガがなんの役に立つのかを示したかったのだ」

ジョアン・スファールは子どもの頃、祖父が語ってくれた『星の王子さま』の物語を聞いていた。ジェラール・フィリップが吹き込んだ録音も好きだった。彼はアントワーヌ・ド・サン=テグジュペリはジェラール・フィリップと同じ声だと信じ込んでいた……。週刊誌『ル・ポワン』増刊号のサン=テグジュペリ特集の対談のなかで、スファールは端的に述べている。「この本は僕に、死とはなんであるのか理解するのを助けてくれた」。彼の母は、彼がわずか3歳のときに亡くなった。また、彼は次のようにも言っている。「この物語全体が語っているのはただひとつ、つまり愛している人たちの死をどう受け入れるのかということだ」

『長老（ラビ）の猫』の作者でもある彼は、おとなになると、今度は自分が『星の王子さま』を語ることに決めたが、それはマンガにおいてであった。読者は自問するかもしれない。すでに文章と絵の混ざった作品を、マンガとしてふたたび創作する利点があるのだろうか？「僕はマンガが絵付きの作品とは何の関係もないことを示そうとした」と、スファールは明言し、自分の試みの根拠を説明している。「挿し絵の付いた作品は文章と絵の間を行き来している。マンガはシークエンスによってしか物語が動かないという点で、いっそう映画に近い。僕はサン=テグジュペリの文章をほとんど何も変えないようにした。僕が実際にやりたかったこと、それはマンガがなんの役に立つのかを示すことなんだ」

スファールは、実際サン=テグジュペリの文章をそのまま使うことを選択した。ときとして、原文から遠ざかることもあるが。というのも、

上：スファールはサン=テグジュペリに忠実でありながらも、自分の創作も加味し、『星の王子さま』を描いている。

サン=テグジュペリのことばに忠実でありたいと願ったとしても、彼はみずからの世界を作り出さざるを得ない想像力にあふれた作家だからである。たとえば、冒頭、サン=テグジュペリが故障した飛行機のキャビンにひとりでいる場面がある。タバコの煙と議論し、彼は煙に説教される。「少年少女向けの作品のなかでタバコを吸っちゃいけないよ」と、煙は彼に言うのだ。

ジョアン・スファールにとっては、星の王子さまの物語に素朴さといったものは何もなく、王子さまは「大切なことしか話さない」。それに日本では、『星の王子さま』はおとな向けの本であり、「おとぎ話や宗教説話の融合したものとみなされている」と、彼は指摘する。「『星の王子さま』には真の精神性がある。だれもがそれを感じとり、この偉大な本にまつわる自分の歴史／物語を持っているのだ」

スファールはタブーを犯したと非難された。原作のなかで姿が描かれなかった語り手を描き、それにサン=テグジュペリの容貌を与えたからだ。彼によると、それこそがまさにこの翻案のおもな利点である。「マンガは外部の視点を可能にする」と、スファールは端的に言う。「サン=テグジュペリを登場させるのは大きな喜びだった。それは小さな王子さまと大きなパイロットとの間の形態学ゲームを可能にする。僕は子どもの頃、『星の王子さま』を読み、王子さまと自分を同一化した。のちになって僕がこの本をふたたび見出したとき、今ではパイロットに自分を重ねていることに気が付いたんだ」

有名な「マンガ家」である谷口ジローは、大きな眼をしたスファールの星の王子さまに賛辞を惜しまなかった。「私はこの非常に有名な物語を知っていると思っていたが、スファールの視覚的な翻案にはしょっちゅう驚かされた」と、『遥かな町へ』の作者は語る。「この本は私の想像を超えたすばらしい世界へと私を運んでくれた。王子さまの物語は数十年を経て再生し、新しい『星の王子さま』が私たちに贈られたと言えるだろう」

2008年9月15日、ヨーロッパ劇場（パリ）にて、ジョアン・スファールは、俳優のフランソワ・モレルによる『星の王子さま』の朗読をその場で絵にした。

上：ジョアン・スファールの『星の王子さま』には、カラーと白黒のふたつの異なるバージョンがある。

星の王子さま、新しい冒険

宇宙では万事休すだ！　ヘビのせいで、星はひとつ、またひとつと消えていく。そこで星の王子さまは、銀河の惑星にふたたび生命を与えるために、キツネを連れて彼の愛する惑星B612を離れることを決めた。長い旅の間、彼はいくつもの未知の魅力的な世界や、ときに気ままな、またときには不条理な変わった掟に従う世界を発見する。彼は争いを解決し、無知に立ち向かい、不寛容と格闘し、出会う人びととの間の意思疎通を助ける。しかし、彼の天賦の才はヘビに打ち勝ち、悪に勝利するのに充分だろうか？　彼はいつの日かバラと再会することができるのだろうか？

これらの問いへの答えは、王子さまがキツネと訪れた惑星の数と同じ、マンガの24巻本のシリーズのなかにある。2011年から2015年にかけて、グレナ社から出版されたこのシリーズは、アントワーヌ・ド・サン＝テグジュペリの『星の王子さま』から着想を得て製作され、テレビ局のフランス3で放送されたアニメーションシリーズに基づいている。アートディレクターのディディエ・ポリと編集顧問のディディエ・コンヴァール（『秘密のトライアングル』『雪』で成功を収めたマンガのシナリオライター）の指揮のもと、さまざまな作家がシナリオの執筆、絵コンテ、デッサン、彩色、背景を担当している。特典として、最初の10巻では各巻に力量のある画家が招かれ、『星の王子さま』の世界を提示している。名をあげると、メビウス、テボ、グリフォ、マチュー・ボノム、ピエール・マキョ、オリヴィエ・シュピオ、ジェローム・ジュヴレ、ジャック・ラモンターニュ、アダモフ、ケラミダスである。

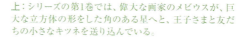

上：シリーズの第1巻では、偉大な画家のメビウスが、巨大な立方体の形をした角のある星へと、王子さまと友だちの小さなキツネを送り込んでいる。

登場人物

王子さま

動物であれ、植物であれ、宇宙のあらゆる存在と話すことのできる彼は、並外れた力を持っている。彼がスケッチブックに息を吹きかけると、ページに描かれているものに生命が吹き込まれる。王子の身なりになると、彼はいっそう素早く、機敏になる。また、彼が持っている剣でデッサンすると、彼のただの想像力の産物に生命が与えられる。

キツネ

不平家、冗談好き、食いしん坊……。王子さまの最良の友。キツネは王子さまを助けに来るためにいつも近くにいて、王子さまを外界に連れ出し、彼の成長を助ける。

ヘビ

理由はわからないが、世界を暗闇に落とすためにはなんでもする気でいる。ただ、彼自身は行動を起こさない。犠牲者に噛みついて、そこから悪霊を放出させ、世界を危険にさらすように仕向けるのだ。

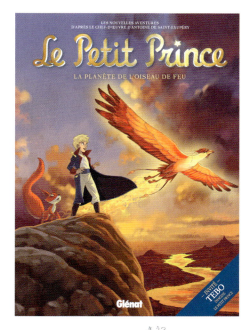

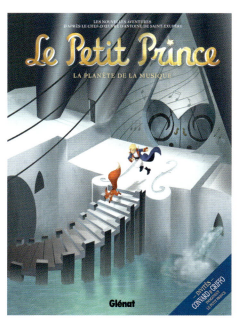

気鬱（きうつ）

ヘビが惑星を消す日に、ヘビに噛まれた者は気鬱になる。気鬱たちはヘビの意志に全面的に従い、集団で行動し、ヘビの命令を実行する……。しかし、彼らの行く手に王子さまが立ちはだかるのだ！

この頁：このコレクション全体を通して、冒険、想像力、寛容が強調されている。

24巻本のシリーズ

風の惑星
風のおかげで、エオリアン人は自分たちの惑星を温めることができる。だが風が弱り始めると、惑星は氷河に覆われてしまうおそれがある……。王子さまは解決策を見つけられるだろうか？

火の鳥の惑星
火のせいで、エメラルド職工の人びとは、浮かぶほら貝の上に避難場を見つけなければならなかった。それはほんとうに火の鳥の過ちのせいなのだろうか？

音楽の惑星
女神ユーフォニーがヴォーカリーズ（母音唱法）によってユティアン人たちの一日にリズムをつけているが、その歌唱が下手になったため、ユティアン人たちは混乱に陥っている。愛がこの事態の大きな原因だとしたら？

翡翠の惑星
自分たちの都市を脅かすイバラから逃げるために、リティアン人は出発しなければならない。だが、彼らの指導者は放蕩息子の帰りを待っている。王子さまとキツネは、遅れることなく放蕩息子を見つけ出すことができるのだろうか？

天文学者の惑星
クロロフィリアン人が自分たちの植物に対して手こずっているのは、星と惑星を奪い、天蓋を作ろうとしている天文学者のせいだった。

夜の球体の惑星
ヴォルテーヌの惑星では、住民がグロビュスの安全に疑いを抱いている。その住民たちの不安を利用して、街灯商人が自分の商品をさばこうとしている。

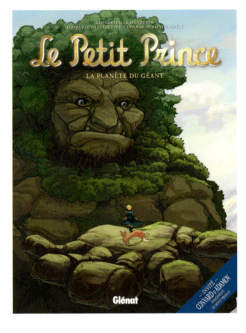

盗み聞きの惑星
アミコープ人はかなりのおしゃべりだが、サハラの暴君の命令を受けてオンドゥリーヌたちが彼らの口をふさいでしまった！　語ることができないというのは、あらゆる紛争を引き起こすもとになる……。

カメの配達員の惑星
奇妙な野生のカメが、孤立した都市に郵便や商品を配達している。ところが、彼らのリーダー、アロバーズが立ち去ることを決意する日がやってくるのだ。

巨人の惑星
この巨人の形をした惑星は生物のように機能している。しかし、タラミュスが脳に命令を与えなくなると、この広大な植物体は調子がくるってしまう。

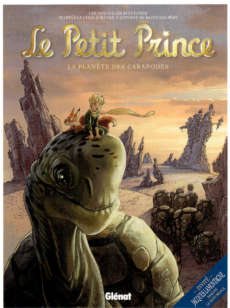

上：王子さまは、惑星ヴォルテーヌの住民に、彼らの恐怖と偏見を乗り越える方法を教えるだろう。

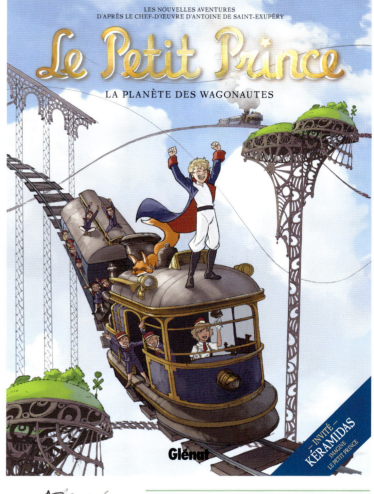

鉄道を愛する人の惑星
遅れて到着したり行く先を間違える電車のせいで、ワゴノート惑星ではすべてがめちゃくちゃになっている。転轍手(てんてつしゅ)のハンニバルが、混乱を引き起こそうとしているのだろうか……。

本の惑星
飛んで消えさってしまう本とは奇妙だ。とつぜん惑星のあらゆるところで読書ができなくなるとは困ったことだ。幸いにも、王子さまが捜査を進める。

リュドッカの惑星
夕日を見るために、敵対するふたつの民族は、戦うのではなくリュドッカのゲームをして決着をつけることにする。ところが、試合の前日には、お互いの敵意がふたたび湧き起ろうとしている。

涙食いの惑星
ラクリマヴォラは巨大な花で、住民の感情を糧としている。そのお返しにと、この花は火の雨から住民たちを守っている。しかし、ラクリマヴォラは危機的状況にある……。

左上と左：『翡翠の惑星』の表紙の2枚のデッサン。

上：友だちのキツネといっしょに、王子さまは地球よりもさらに驚くべき惑星をいくつも発見する。

偉大な道化者の惑星
悲しいことに、偉大な道化者が憂鬱な気分にとりつかれてからというもの、彼の国の人びとは笑うことを禁じられてしまった。権力を得ようと夢見ている首相が、いくらかそれにかかわっているかもしれない……。

ガルガンの惑星
ふたりの幼なじみが権力を争っていがみ合うとき、きっとヘビが近くにいるに違いない……。幸いにも、王子さまとキツネがヘビの行く手をはばむのだ！

ジェオンの惑星
ジェオンの惑星の住民は、休まず歩かないと、罰として星の隙間に落とされてしまう！ 彼らのうちの何人かが従うことを拒否している……。

大量の泡の惑星
海をきれいにする使命を帯びている海底の怪物、バブルゴブはなにを作っているのだろうか？ もう一度津波が起これば、クレアトゥの家々はゴミの海に飲み込まれてしまうだろう！

時間の惑星
時間はある場所では止まるが、別の場所ではどんどん進んでしまう……。なぜ人びとを困惑させるのだろう！ 偉大な時計屋にとっては、振り子の動きをもう一度正確にしなければならないときだ。

キューブリックスの惑星
キューブリックスの人びとがバッテリーを充電できなくなって以来、村の生活はスローテンポになってしまった。ただ鍛冶屋だけが働いていて、彼は人びとから自分の身を守るために閂を作っている。王子さまとキツネはすべてが消えてしまう前に、彼らを和解させようとする。

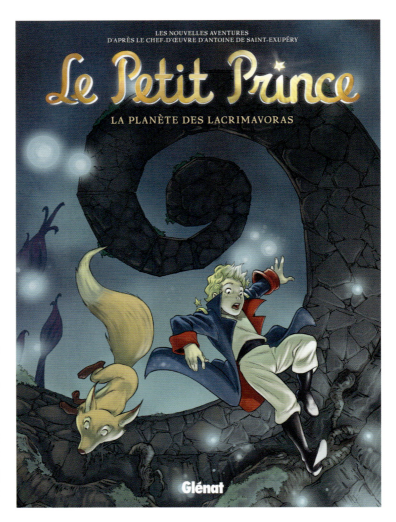

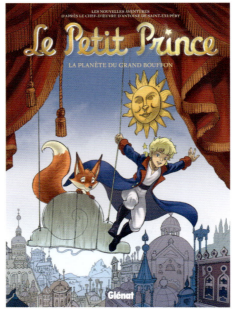

この頁：涙食いの惑星から偉大な道化者の惑星まで、しばしば王子さまは困った状況に陥る。

コッペリウスの惑星

ソラリスの惑星では、太陽があまりにも強烈で、住民は自分たちの色を失ってしまっている。そして、コッペリウスが大彩色大会を組織する気がないようなので、住民は永遠に色を失う危険があるのだ……。

オキディアン人の惑星

シフレオ彗星によって脅かされ、オキディアン人の惑星は、国王ロコドの魔法の力が必要になっている。だが、ああ、王は行方不明なのだ……。王子さまとキツネが彼を見つけることがないとしたら？

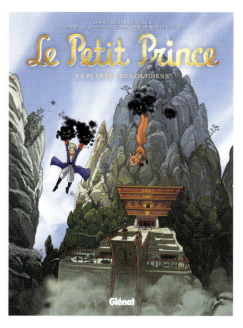

アシュカバールの惑星

アシュカバールでは、氷の壁がクリスタリット人とスフェロリット人を隔てている。シャーズとザークの愛は、この壁を取り除くことができるだろうか？ 王子さまとキツネは、そのために力を尽くそうとする……。

バマリア人の惑星

王子さまは記憶を失ってしまった！ 王子さまが惑星の冷却を阻止し続けられるように、キツネは、彼の人生のエピソードを思い出させる。だが、ヘビに出会ってしまったら、王子さまはヘビに操られてしまうかもしれない。

ヘビの惑星

今回はヘビが惑星B612を攻撃し、バラを奪ってしまう！ 王子さまは、自分が救助したあらゆる人びとに助けられ、力と勇気を得て、バラを解放するためにすべてを行うつもりだ。最後の対決が始まるかもしれない……。

この頁：最後の対決のとき、星の王子さまが戦っているヘビは、サン＝テグジュペリの物語のヘビとは似ていない。

マンガへのオマージュ

2006年、『星の王子さま』フランス語版の出版60周年を記念した増刊号のために、月刊誌『リール』が、何人もの名高いマンガ作家たちに星の王子さまの姿を絵にするよう求めた。そこに参加する機会のなかった偉大な作家たちも含めてここに紹介する。

フロランス・セスタック

1949年生まれのフロランス・セスタックは、1975年にはフテュロポリス出版の共同設立者のひとりになっている。2000年にアングレーム国際漫画祭のグランプリを受賞し、若者向けの作品（『デブロック一家』）や、『真昼の悪魔』『模範的な愛』のような「おとな」向けのマンガの作家である。

ウンベルト・ラモス

1970年生まれのこのメキシコ人のマンガ家は、『スパイダーマン』や『フラッシュ』、『X-Men』、『スーパーマン』、『ウルヴァリン』のようなスーパーヒーローが活躍するコミックのスペシャリストだ……だが、星の王子さまにも敬意を表している。でも、王子さまも、彼なりに、ある種のスーパーヒーローではないだろうか？

右上：『コミック』の作者ウンベルト・ラモスの描いた王子さま。

右：バラがいるのに、フロランス・セスタックの描く王子さまは、暗い思いに沈み、自分の惑星にいてうんざりしているようだ。

ジピ

1963 年生まれのジピこと、ジアン・アルフォンソ・パチノッティは、2006年にアングレーム国際漫画祭において、『ある戦争の物語のための覚書』で最優秀作品賞を受賞した。

アンドレ・ジュイヤール

1948年生まれのアンドレ・ジュイヤールは、パトリック・コティアスの脚本による『ハイタカの七つの生』のシリーズの作者であり、エドガー・P・ジャコブが創案した『ブレイクとモーティマー』をリメイクしたひとりでもある。彼の描く線の繊細さ、色遣いの優美さ、ビジュアル世界の上品さは、彼の星の王子さまをグラフィックの伝統に位置づけるものである。

上：ジピは、パイロットと王子さまが出会う場面の前の瞬間を想像している。

右：サン=テグジュペリの原画に忠実に、アンドレ・ジュイヤールの上品なデッサンによって描かれた王子さま。

ジュル

『硫黄が尽きて』において、作者ジュルはポピュラーカルチャーの聖画像を解釈し直すことに意地の悪い喜びを感じている。そのなかに、サン=テグジュペリの王子さまも『大きな王子さま』というタイトルで、4ページの話として登場する。ジュルは『賢人たちの惑星』とその続き物の作者であり、右の絵はその抜粋である。

ジョアン・スファール

1971年に生まれたジョアン・スファールは、1990年代に登場した新しい世代を代表するマンガ家のひとりである。100以上の作品、また、ベストセラーの『長老（ラビ）の猫』の作者でもあり、監督、そして小説家でもある。彼は子ども時代から『星の王子さま』と特別な関係を持ち、2008年にこの作品をマンガにした。

「だれもがこの偉大な本にまつわる自分の歴史／物語を持っている」
ジョアン・スファール

マルタン・ヴェイロン

1950年生まれのマルタン・ヴェイロンは、ベルナール・レルミットという登場人物の生みの親であり、その斬新なユーモアを生かし、同時代の同胞と社会の観察に鋭い感覚を発揮している。

上：ジュルの非常に皮肉な視点による『星の王子さま』。

下：このようなデッサンなら、だれもジョアン・スファールが帽子を描いたとは思わない！

右頁：マルタン・ヴェイロンにより見直され補正された『星の王子さま』の誕生。

『飛行士と星の王子さま』

「私の国に戻りたいのか、アメリカに留まりたいのかとたずねられたとき、私は『星の王子さま』を読み直し、この本が砂漠で生き残ったパイロットとともに勇気について語っていることに気づき、それは大いなる希望を与えてくれた」

ピーター・シスは詩人である。だが、ことばだけを用いる詩人ではない。彼においては、ことばはデッサンと混ぜ合わされ、アントワーヌ・ド・サン=テグジュペリの本のように、読者を旅へと誘う世界を生み出している。彼の『飛行士と星の王子さま』はすばらしい物語である。一見すると、ピーター・シスは何も新たに生み出さず、サン=テグジュペリの生涯を語るにとどまっているようだ。しかし、彼と共に、『星の王子さま』におけるように、見かけにだまされず、その向こうを見ることを学ぶべきなのだ。あるいはむしろ、そのなかというべきだろうか。彼のデッサンのなかにまなざしを深くもぐらせなければならない。彼の画像は幾千もの小さな線でできていて、海の上の波あるいは砂漠の上の足跡のようである。

『飛行士と星の王子さま』は見開きページに描かれている。それぞれのページに詳細が詰め込まれ、サン=テグジュペリの人生の諸段階をあらわす水玉模様で飾られている。それらは無言の大きなイラストレーションで中断され、そこで視線を休ませることができる。そのテクストを読むためには、頭を、あるいは本を回転させなければならない。テクストはデッサンの蛇行や曲線にしたがって進む。飛行機に乗ったサン=テグジュペリがしていたように、それは山々と馬跳びをして遊ぶ。サン=テグジュペリが1943年にスターリング・キャッスルに乗ってフランスへ戻る時点で、テクストは海の上で波打つ。そして、飛行士がスペイン方面へ飛び立つときには、景色の稜線はお人好しで親切な巨人たちに似ている。

で、これらの頁で、王子さまはどうなっているのか？　表紙では、彼は作者と一緒に飛び、乗客の代わりに静かに座っている。次に、最後の見開き2頁に彼が見つかる。サン=テグジュペリの飛行機につかまって、「金色の髪をした男の子」は大空のなかで自転車に乗っている……、まるでE.T.か、地球上を一周するために自分の惑星を離れた宇宙の遭難者のように。彼の自転車の車輪はプロペラの動きを描く。「おそらく、アントワーヌは星々のそばできらめく自分の惑星を見つけた……」と、ピーター・シスは書いている。この画家である作家は、まるで星の王子さまのようだった。王子さまと同じように、ある日故郷を離れたのだ。1982年に、彼は1984年のオリンピック映画を作るためにチェコスロバキア政府によってアメリカへ送られた。しかし、サン=テグジュペリの主人公と違い、けっして故郷には戻らなかった。チェコスロバキア当局によって国に戻るよう命ぜられたが、彼はアメリカで生き続けることを決意したのだ。

「彼は自分の子ども時代、見た場所、したこと、出会った人びとについてふたたび考えていた。水彩絵の具の小さな箱を買って、金色の髪をした小さな男の子の話を物語る絵本に取りかかった」
　　　　　　　　　　　　　　　　『飛行士と星の王子さま』からの抜粋

右頁：そして、もし王子さまが、自分の惑星に戻らずに、友だちのパイロットと飛行機でふたたび出発したとしたら？

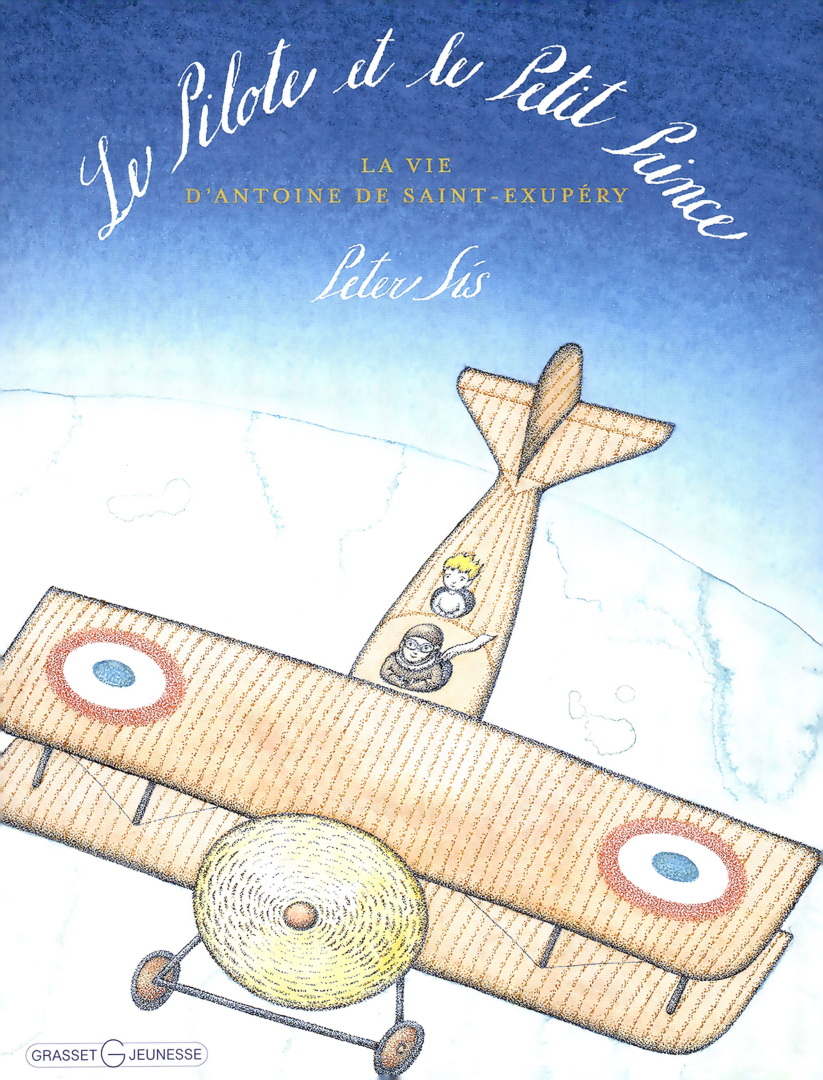

第9章
『星の王子さま』から
インスピレーションを受けて

星の王子さまグッズ

サン=テグジュペリ権利継承者事務所は、星の王子さまのイラストを使って製品の評判を高めたいと願う多くのメーカーと、ライセンス協定を結んだ。物語と主人公によって守られているその普遍的な価値が多くの企業の関心を引くのはもっともだ。世界中で150社以上にのぼるライセンス取得企業がおよそ1万種の製品を生産しており、そのなかには次のような名まえを挙げることができる。縫いぐるみのアニマ、高級事務用品のル・テ・デゼクリヴァン、フィギュアのPixiとレブロンデリエンヌ、クッキーのデラクレ、空飛ぶランタンのスカイランタン、グラフィック用品のキューブ、パリ造幣局が発売しているアクセサリーや硬貨、ヴィルジニーの錫製品、フェイクタトゥーシールのブルーム、メモ帳のモレスキン、ホテルチェーンのソフィテル、腕時計のIWC、磁器製品のオーブリ・カドレ、子ども部屋用装飾品のトラセリア、玩具のプラストイ、スマートフォン用付属品のブズビズ……他に忘れてならないのは、セネガルから輸入された本物のバオバブの木、デルバールによって栽培され、星の王子さま協会が商品化した王子さまのバラ。

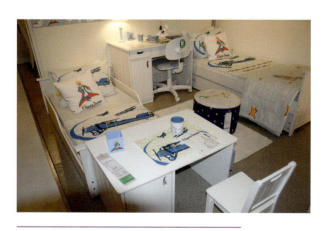

章扉：コレクトイズの星の王子さまとキツネ。

最上：パリ造幣局の『星の王子さま』のメダルとブレスレット。

中央：トラセリア製電気スタンドの笠。

すぐ上：『星の王子さま』風色調の寝室。

左：フルーリュスのカレンダー2種類。

上：フルーリュスの『星の王子さま』の手帳シリーズ。
右上：ゼファーのボールペン「ヒツジ」。
すぐ下：プチジュール（パリ）の万年筆。
すぐ右下：コレクトイズの星の王子さまのフィギュア2体。
右：Pixiのミニフィギュアシリーズ。
左下：有名なフィギュア、アートトイの星の王子さま。

159

上：タップボール2000の『星の王子さま』の玩具。
右上：デラクレの2015年クリスマス用のクッキー缶。
右：トラセリアの「ビックリ箱」とライト。

これらの製品は、その製造条件も流通条件も、アントワーヌ・ド・サン=テグジュペリの作品がもたらす価値観と一致していなければならない。そういう訳で、持続可能な発展の原則に基づいて、メキシコのライセンス協定による商品はメキシコで、ブラジルのライセンス協定による商品はブラジルでそれぞれ製造される。そして外国で製造する場合には、1989年に国連総会で採択された子どもの権利条約を遵守しなければならない。

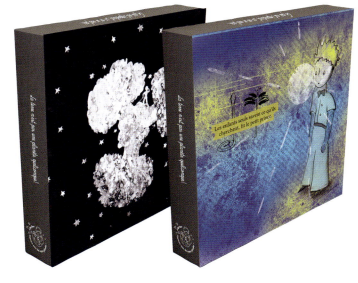

上：ネアメディアが限定製作した彫刻。

右上：スタジオパリスティックが創作した『星の王子さま』のボード。

下：プラストイの貯金箱。

右下：シャックスが提案するおとなと子ども用の衣装。

上：パリスティック／デコミニュスの壁用ステッカー。

右下：ヴェジェト・ダイユール（セネガル）の『星の王子さま』のバオバブ。

下：フギンとムニンの『星の王子さま』の絵はがき。

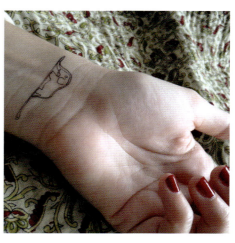

最上：プチ・ジュール（パリ）のサン＝テグジュペリ水彩画付きカラー食器、化粧箱入り。

左：セキグチの縫いぐるみ。

すぐ上：ブルームのフェイクタトゥー。

『星の王子さま』で学習する

『星の王子さま』でフランス語を学ぶ

星の王子さまは国境を知らない。彼は、多くの国々で翻訳されているだけでは満足せず、言語の壁で隔たれた人びととの歩み寄りにも貢献している。2か国語対訳本のなかには、フランス語学習を容易にすることを目指しているものもある。たとえば、韓国人やルーマニア人、中国人の読者用に出版されたものは、サン=テグジュペリの原文に語彙の説明や意味内容が書き加えられている。

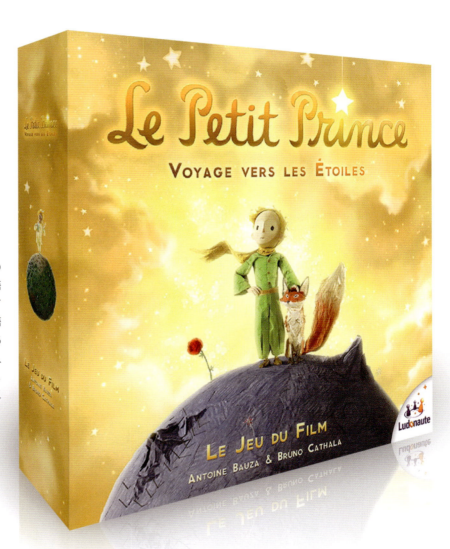

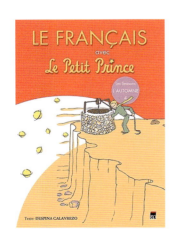

「PLEASE, DRAW ME A SHEEP……」

「お願いです、ぼくにヒツジの絵をかいて……」を英語ではどう言うかを覚えるのは、とても簡単だ……もしルーマニア語が読めるなら！ デスピーナ・カラヴレゾの『「星の王子さま」で英語を』のシリーズは、歌や詩、会話、そしてナタリア・コンランのイラストですべて図案化された辞書を使って、ルーマニアの子どもたちにシェークスピアの国の言語に親しもうと提案している。

上：リュドノート社が考案し、マーク・オズボーンの映画から着想されたゲーム。

左下：ルーマニア人読者向けのこのフランス語入門書は、サン=テグジュペリの物語を基にしている。

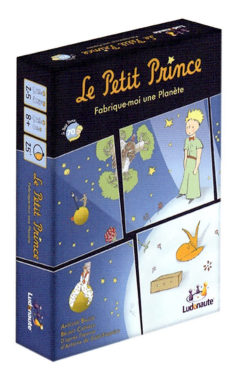

星の王子さまで遊ぶ

リュドノート社によって考案された8歳以上の（おとなも遊ぶ権利はある！）2人から5人で遊ぶこの対話型室内ゲームは、星の王子さまの宇宙からヒントを得ている。目標は単純だ。つまり、キツネやヒツジ、バラの花……あるいはゾウを1頭迎え入れるために、ピースを使って一番みごとな惑星を組み立てること。

リュドノート社は別のゲームも考案した。マーク・オズボーンのアニメーション映画にならった、いろいろな星に行くゲーム「星の王子さま旅行」だ。2人から6人のプレーヤー（6歳以上）が、自分の星にいる王子さまに再会するために、映画の主人公の女の子に続いて、飛行機に乗って飛び立つのだ。

『ぼくは「星の王子さま」で読み方を覚える』（フルーリュス出版）

フランスの小学校準備過程と初等科1年生の子どもたちは恵まれている。彼らのために特別に考案されたサン＝テグジュペリのこの本によって、『星の王子さま』を知ることができるのだから。ひとりの女性教師が準備した語彙や意味内容についての囲み記事を読んで、子どもたちは、物語の読解や作文において楽々と上達する……。おまけにクイズの頁があるおかげで、彼らは勉強しながら楽しんでさえいる！　そのため準備過程の授業に戻りたいという気持ちになってしまう……。

上：サン＝テグジュペリのやり方をまねて、惑星をひとつ考え出す対話型ゲーム。

右：『星の王子さま』と出会うのに、けっして早すぎるということはない、特に小さな子どもが読み方を覚えるのにこの本が役立つなら。

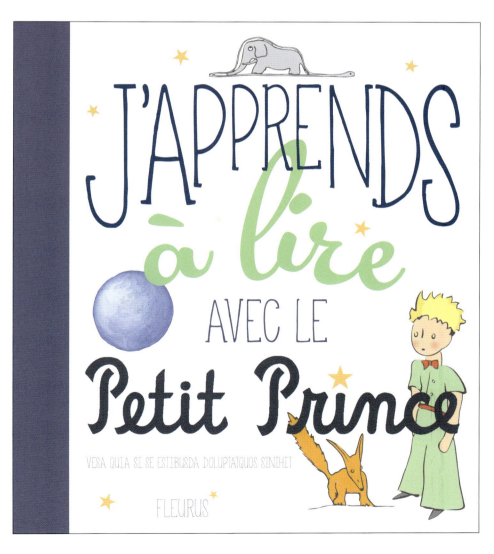

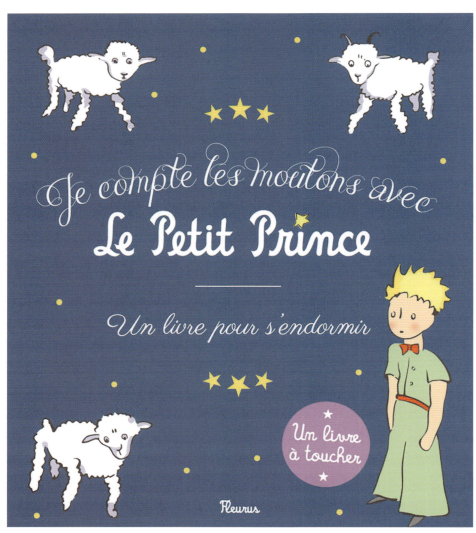

『ぼくは星の王子さまと一緒にヒツジを数える』（フルーリュス出版）

ヒツジが1匹、ヒツジが2匹、ヒツジが3匹……。赤ちゃんを眠らせるのに、手で触れるこの本ほどぴったりなものはない。これさえあれば、星の王子さまやキツネといっしょに美しい夢を見ることができる！

『ぼくは「星の王子さま」で数え方を覚える』（ガリマール社）

ヒツジをちゃんと数えるには、数字をものにすることから始めなければ……。

上：サン゠テグジュペリの物語では王子さまにヒツジは1頭しかいないが、ここにはヒツジが数頭いて、赤ちゃんが眠りにつくのを助けてくれる。

右：乳幼児を『星の王子さま』の世界に親しませるための単語集

左：この本があるおかげで、数を数えられるようになるのに、ビジネスマンになる必要はまったくない！

『赤ちゃんのための「星の王子さま」』（フルーリュス出版）

大型版であることと乳幼児のために選ばれた用語のおかげで、年端のいかない幼児も、アントワーヌ・ド・サン゠テグジュペリのこの物語に親しむことができる。

『ぼくは発見する……「星の王子さま」とともに』（フルーリュス出版）

ぼくはいろんな色を発見する。反対の意味のことばを発見する。礼儀正しいことばを発見する。ぼくはさまざまな動物を発見する……。人生の見習い期間中のもっとも小さな子どもたちに付き添うシリーズ。

『星の王子さまの絵本』（フルーリュス出版）

いろんな星、ヒツジ、バラの花、お日さま……王子さまといっしょに見つけるおよそ20の単語。

上：王子さまといっしょにさまざまな色を見つけるために。
右：いろいろな単語を覚えて、「お願いです、ぼくにヒツジの絵をかいて」と言えるようになる絵本。

モード界のプリンス、カステルバジャック

ファレル・ウィリアムスの帽子を見たときには、心のなかで例の質問をしても構わない。それで、もしそれが帽子ではなく、まさしくゾウを呑みこんだ大蛇ボアだとしたら？

逆に、いくらかジャン=シャルル・ド・カステルバジャックの作品に興味があるのなら、もう疑いは許されない。彼の作品はまさにアントワーヌ・ド・サン=テグジュペリへのオマージュなのだから。

彼の「2011年春」のコレクションは、飛行機と旅がテーマだった。男性モデルたちは星の王子さまが描かれたシャツを着て次々とあらわれた。別のモデルたちは、ガリマール社のあの有名な「ブランシュ叢書」に収められた『夜間飛行』と『人間の大地』の表紙だとわかるチュニックを着ていた。

「モード界にデビューしたとき、僕は17歳で、王子さまと呼ばれていた。今までずっと、僕は星の王子さまと対決させられてきたんだ」
ジャン=シャルル・ド・カステルバジャック

子どもの世界や美術、大衆的なイメージの有名人を参考にすることは、ジャン=シャルル・ド・カステルバジャック「JC/DC」の仕事では、つねに見られた。彼は圧倒的多数の人を感動させるものならなんにでも関心がある。サン=テグジュペリの世界がその栄誉に浴するのにはさらに理由があった。このデザイナーは『星の王子さま』と独自に私的な関係を保っているからだ。5歳のときから、しかも17歳まで、寄宿学校に入れられて、幼年期と青春期を奪われた彼は、14歳の時に、著者から父親に献呈されたこの本の校訂版を見つけた。たちまち彼はこの主人公の孤独と自分自身の孤独とを関連づけた。寄宿生としての彼のぱっとしない日常生活を支配していた孤独こそが、彼をサン=テグジュペリのこの主人公に結び付けたのだ。「『星の王子さま』は僕の初めての本であり、僕の基盤である」。2011年4月のサイトlepetitprince.comに掲載された対談の際、彼はこう説明した。

物語のことば以上に、サン=テグジュペリの絵もまた彼に強い影響を与えた。「サン=テグジュペリにはとても感動的な一枚のデッサンがあって、それが僕に『いつまでも子どもの頃の心を持ち続けなさい』というセルヴァンテスのことばを思い出させるのだ」。カステルバジャックはことばを続けた。「彼のデッサンが上手だろうが下手だろうがたいしたことじゃない。上手にデッサンするためにここにいるのではないし、美しい物を作るためにここにいるのでもない。心揺さぶる物を作るためにここにいるのだ」。ジャン=シャルル・ド・カステルバジャックは、今までに数人の「星の王子さま」に出会った。たとえばニューヨークのアーティスト、ジャン=ミシェル・バスキアとキース・ヘリングだ。イタリアの歌手リッカルド・コッチャンテのショーの衣装をデザインしたことのあるカステルバジャックは、ミュージカルを夢見ている。だが彼のミュージカルは、どちらかと言えば「元気いっぱいな電子ロックで創られた」、現代風なものになるだろう、そして若い世代に希望を語りかけることだろう。

「僕はほんとうに[星の王子さま]に愛情を抱いている。彼の冒険は憂鬱な聖書に、孤独を描くロード・ムーヴィーに似ている」
ジャン=シャルル・ド・カステルバジャック

彼の作品の収益は、青少年のためのアントワーヌ・ド・サン＝テグジュペリ基金に払い込まれた。彼によれば、この基金の創設は名案であり、「アントワーヌも賛成したに違いない。もし守るべき大義があるとしたら、それは青少年の大義だ」。これは、ジャン＝シャルル・ド・カステルバジャックの主たる関心事のひとつだ。「サン＝テグジュペリ基金が、このまさに『サン＝テグジュペリにふさわしい』力強い理念に身を捧げるのはすばらしいことだ。僕たちは通過者にすぎず、僕たちの子孫からこの大地を借りているのだから」

左頁とその前の見開き：2通りに着られる（半袖か長袖で）、ジャン＝シャルル・ド・カステルバジャックがデザインしたこのシャツには、サン＝テグジュペリの主人公の肖像が描かれている。

上：文学はモードと両立しなくはない。『人間の大地』と『夜間飛行』の表紙が描かれたこれらのチュニックが証言しているように。

『星の王子さま』とコマーシャル

お願いです、ぼくにコマーシャルを描いて……アントワーヌ・ド・サン=テグジュペリの主人公は、ライターのエス・テー・デュポンからフランス電力公社あるいは社会保障商品を提供する企業レユニカまで、数多いコマーシャルのビジュアルメディアの役目を務めた。特にレユニカ基金は、禁煙するための穏やかな療法をうながすキャンペーンの一環として、火山の煤払いをする王子さまを描いた。水の管理からエネルギーの管理、ごみ処理の領域にまで関与するフランスの多国籍企業ヴェオリアは、私たちみんなに責任があるこの地球の未来にとって、環境保護が最重要であることを喚起するために王子さまを用いた。

この頁：東芝の日本語の広告キャンペーン用のイラスト。

日本では、エネルギー節約の基本である低消費電力の電球を勧めるテレビコマーシャルのスポットが、サン＝テグジュペリのデッサンを思わせるアニメーションのなかで星の王子さまを描いた。日本企業の東芝と組んだことで、持続可能な発展を願う王子さまが示した態度を明確にすることができる。王子さまは、彼が主張するさまざまな考えと一致さえしていれば、コマーシャルと反目することはない。

左上：『星の王子さま』調のレユニカのコマーシャルのひとつ。

その下：エールフランスのコマーシャルのなかで、星の王子さまは穏やかに眠りにつく。

上：自分の惑星をきれいに掃除することで、星の王子さまは持続可能な発展について手本を示し、先駆者としての態度を示す。

173

第10章
『星の王子さま』の世界旅行

eFrance

프랑스

스문화마을

『星の王子さま』の公園

「70年前にトルコの天文学者によって発見された惑星B612が、2014年夏、アルザスに着陸する」

迷宮、ふたつの係留気球、空中バー、家族そろったキツネ。そればかりではなく、三つの映画館、トランポリン広場、たくさんのヒツジたち、そして空飛ぶ椅子も……。このプレヴェールの詩を思わせるさまざまなリストをみれば、星の王子さま公園を訪れる人たちに誂えたプログラムがいかに多彩であるかがわかるだろう。この公園は、アルザス地方のコルマールとミュルーズの間に位置するウンガーハイムにある。世界初の空中公園、そこを訪れる人は、惑星から惑星へと王子さまが試みた旅と同じように、少なくとも日常から離れた旅へと出発することになる！

章扉：「翌日の夕暮れ、僕が自分の仕事から戻ると、僕の王子さまが壁の上に腰かけているのが遠くから見てとれた」

上：気球からはアルザスの田園地帯が一望できる。

左：世界で初めての空中公園「星の王子さま公園」へようこそ！

下：子どもや家族向けに最適の遊園地。

2014年7月1日に一般公開された公園は、ヤニック・ノアが後援し、係留気球の整備や開発を専門としているSASアエロフィル会社が考案した。この公園は、2006年から2012年まで環境保護を目的としたレジャーランドであったビオスコープの跡地に設置された。その円い形は、隕石が衝突して生じるクレーターの形を連想させる。だからといって、実際に小惑星B612がちょうどこの場所に落ちてきたのだろうなんて想像するのは……。この公園を回る軌道上にあるふたつの気球惑星とひとつの空中バーには、王様、点灯夫、呑んべえが住んでいると言われている。

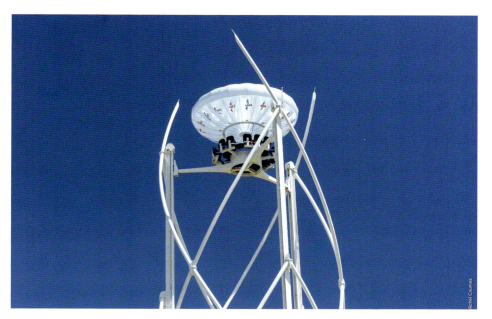

最上：空中バーは、『星の王子さま』の登場人物、呑んべえを幸せにしたことだろう！

上：サン=テグジュペリをまねて空中を旅しようとする人びとを、世界でもっとも大きな複葉飛行機が出迎えてくれる。

左：『夜間飛行』から着想した、全速力で走らせるアトラクション。

提供された30ものアトラクションは、サン=テグジュペリの世界から想を得ている。「呑んべえの空中バー」から「ぼくを手なずけて」あるいは「点灯夫の気球」まで、「ヒツジの絵をかいて」から「南方郵便機」、「城砦」、さらに「B612」まで。それらは、飛行、動物、旅行、庭園といった4つのテーマを中心にして名づけられている。

www.parcdupetitprince.com

動物

本物のヒツジたちに接したり、そのなかの1匹を周りの壁に描いたり、この公園で生まれた子ギツネたちと親密になったり、毛虫が蝶になる様子を観察したり、鳥たちと慣れ親しんだり……。

飛行

空中に飛び上がったり、重力を感じたり、高さ35メートルのところでお酒を1杯飲んだり、点灯夫の惑星——というよりむしろ気球——で150メートルまで上昇したり、アントワーヌ・ド・サン=テグジュペリのものかもしれない複葉飛行機に乗ってひと巡りしたり、真夜中の嵐のなかにいると見立ててアエロポスタル社のパイロットの感覚を体験したり……。

上左：（たくさんの）問題を考えている天文学者を助けて、それを答えるための科学的クイズ。

上右：星の王子さま公園の全体的眺望。

上：惑星の上に立つ王子さまが、自分の名がついた公園を見つめているようだ。

旅行

小さな列車に乗って公園を横断したり、巨大な石蹴りの落とし穴を逃れて地球の端まで郵便物を届けたり、天文学者がみずから解こうとするあらゆる問題に答えるのを助けたり、アンリ・ギヨメに捧げられたジャン=ジャック・アノーの映画『愛と勇気の翼』を見たり、四次元の探検で海中を旅行したり……。

右：王様の気球のおかげで、高さ150メートルの場所から日没の光景を楽しむことができる……

下：……目がくらみさえしなければね！

右下：「その時だった、キツネがあらわれたのは」

「これらの衛星それぞれには、王様や点灯夫、そして呑んべえが住んでいるように思われる」

庭園

蝶が舞う庭園を散策したり、本気になって小惑星B612を思い描いたり、バラ園に集められた『星の王子さま』のバラたちに再会したり、泉に通じる迷宮のなかで道に迷ったり、砂漠の露のおかげで水の恵みを享受したり……。

179

そして、他の場所には？

アントワーヌ・ド・サン＝テグジュペリは、自分の死後、みずから創りだした王子さまがこれほど評判になるとは夢にも思わなかっただろう。今日、王子さまは思いもよらない実にさまざまなところで賞賛されている。彼は地球上のどんなところでもわが家にいるようにくつろいでいるのだ！ 彼に敬意をささげる彫像、彫刻、壁画はもちろんのこと、彼の名まえを借りた学校、保育園、街路、ホテル、レストランは、もはや数えきれないほどだ。このように、このまぎれもない世界市民は、サン＝テグジュペリの物語が全世界的に広がっていることの証拠となっている。王子さまが地球にいる期間は短かったけれども、彼が人びとの心に残した足跡は消え去ろうとはしない……。

ピケーノ・プリンシペ病院（ブラジル）

パラナ州の州都クリティバにあるピケーノ・プリンシペ病院（ポルトガル語で小さな王子の意味）は、ブラジルのなかでも最大の小児科の施設である。サン＝テグジュペリが抱いていた価値観からヒントを得たこの病院は、王子さまが自分のバラの花に責任を持つのと同様に、そこに預けられた子どもたちについて責任を持とうとしている。ここの若い患者たちは、彼らのために特別に編成された組織の恩恵を受けているのだ。教育者、俳優、ボランティアの人びとが、子どもたちと共に病気を「手なずけ」ながら、治療のための入院期間や施術が楽になるように、子どもたちに彼らの病状を忘れさせる努力をしている。

この病院は、国連によって2000年に採択された8つのミレニアム開発目標（OMD）に同意して参加した。また、『星の王子さま』70周年記念には、巨大なフレスコ画と本の制作を通じて、そして2014年5月にニューヨークにある国連本部に展示されたデッサンの制作を通じて、「絆をつくる」[Criando laços] というプロジェクトを始めた。

www.pequenoprincipe.org.br/hospital

箱根のミュージアム（日本）

1999年6月29日、アントワーヌ・ド・サン＝テグジュペリは生きていれば99歳を迎えていたことだろう。まさにその日に彼自身と彼の作品、特に『星の王子さま』に捧げられた博物館が日本で開館した。東京の西にある箱根に開設されたこのミュージアムは、サン＝テグジュペリの大ファンである鳥居明希子氏によって創設された。ここに入ると彼の世界に心から浸ることができる。そのなかのいくつかの人気の場所は本物に忠実に再現されている。

惑星の上に立つ王子さまの像が来訪者を迎える庭園の入口は、サン＝モーリス＝ド＝レマンス城の門扉を模したものである。城館の正面は、彼のリヨンの生家と同じく、実物大の規模で再現されている。サン＝テグジュペリの人生にとって本質的な意味をもつ4つの場所が設置されている。それは、玩具のあるサン＝モーリスの子ども部屋、『南方郵便機』を執筆したキャップ・ジュビーの部屋、『夜間飛行』の草稿を書いたブエノスアイレスにあるアエロポスタル社の彼の事務所、そして、セントラル・パーク・サウスにあるニューヨークの彼のアパートの部屋である。また、彼がアエロポスタル社のために操縦していた飛行機の複製が一機展示されている。カフェ「ル・サン＝ジェルマン＝デ＝プレ」は、まさに彼が好んだ店ブラッスリー・リップをモデルとして建てられた。一方、ミュージアムの庭園に設置されたチャペルは、サン＝モーリス城に隣接していたチャペルどおりに再現されている。

展示室では、サン＝テグジュペリの人生と経歴をたどった写真や、彼の直筆の手紙、『星の王子さま』作成時に描かれた原画、そしてこの物語のさまざまな版が展示されている。その室内装飾は、モロッコ、アルゼンチン、パリ、アメリカと、彼が次々に滞在した場所から着想を得て、その多様な遍歴を想起させるものとなっている。サン＝テグジュペリの声も聞くことができる。その声は、『人間の大地』の映画化のために、彼が映画監督ジャン・ルノワールに指示を与えたときに録音されたものである。

星の王子さま劇場や、それと同じ名まえのレストランへとまわったあと、来訪者は見学の最後に、ブティック「5億の鈴」に立ち寄り何かお土産を買おうという気になるだろう。「5億の鈴」は『星の王子さま』の最終章を参照して、このように名づけられた。

www.tbs.co.jp/l-prince/

右頁：日本の箱根のミュージアムでは、王子さまがみずから来訪者を迎える。

ラ・プティット・フランス（韓国）

韓国の企業主ハン氏は、フランスを愛し（彼はフランスを50回以上も訪れている）、『星の王子さま』を愛している。彼は、ラ・プティット・フランスと名づけられた村を何から何までつくって、自分の情熱を傾け実現した。韓国の首都ソウルから約60キロのところにあるガピョン湖のすぐそばに開園したこの村は、フランス文化のさまざまな面をそこにある建物を通じて発見できるようになっている。『星の王子さま』について350以上の版が出されている韓国では、王子さまはとても人気があり、ここを訪れる人びとは、王子さま（韓国語でオリン・ワンジャ）の彫像に迎えられる。街路には登場人物たちを描いたいくつもの大壁画や像が見られる。ある4階建ての家では、サン＝テグジュペリの生涯と作品の常設展示を行っている。サン＝テグジュペリはフランスの文学、様式、精神を同時に体現しているというのが、ハン氏の見解だ。週末ごとに、舞台劇が子どもたちのために上演される。一方、映写室では『星の王子さま』から翻案されたミュージカル、映画、オペラ、演劇が上映されている。

www.pfcamp.com

タルファヤの博物館（モロッコ）

大西洋の海とサハラ砂漠の砂丘との間、モロッコの南にあるキャップ・ジュビー＝タルファヤは、トゥールーズからセネガル共和国のサン＝ルイへ郵便を運ぶ任務を負い、ブレゲ14型機を定期的に満タンにしなければならないパイロットたちの寄航地だった。2004年、この地はサン＝テグジュペリ博物館を喜んで迎え入れた。この博物館は、アエロポスタル社の歴史的活動をたどり、ムーア人たちを相手にサン＝テグジュペリが果たした仲介役を想起させる。この作家でもある飛行家に敬意を表してひとつの記念碑が立てられた。『星の王子さま』の着想は、おそらくここ、砂に囲まれた砂漠のきらめきのなかで生まれたのだろう。25年後のアメリカ滞在中、その着想は鮮明に彼の心に焼き付いていた。

左頁：本物の地理学者を驚かせるかもしれないが、ラ・プティット・フランスがあるのは……韓国なのだ。

最上：王子さまでさえも、時々は化粧直しの必要がある。

すぐ上：この地区は、サン＝テグジュペリの水彩画を採用して、全体として『星の王子さま』の色あいに塗られている。

左：フランスを知らない韓国の来訪者たちにとっては、確かに異国情緒が味わえる。

「彼は確かに生きている、人びとはずっと以前から知っているこの人物に会うのだ」
オリヴィエ・ダゲ

寄居のパーキングエリア（日本）

2010年6月29日から、埼玉県の寄居を経由する高速道路を走る日本のドライバーたちは、2万平方メートルの全体が『星の王子さま』に捧げられたパーキングエリアを利用できる。箱根ミュージアムの創設者である鳥居明希子氏によって考案されたこの空間には、「ル・プチ・プランス」と命名されたレストラン、カフェ「サン=テグジュペリ」、「エフェメール」と名づけられた花屋、そして「気まぐれな商店」がある。道路に戻る前に回り道をしてでも庭園に行くべきだ。（キツネのための）巣穴、「がまんできない呑んべえ」のブドウ畑、街灯、（サン=テグジュペリ保証付きの）とても美しい黄色いバラに囲まれてこの回り道を通れば、この物語の世界のなかで心を静める散策の機会が与えられる。

最上：いくつかの惑星を探索したあと、王子さまは、日本の寄居の高速道路のエリア上で自分の家にいるかのようにくつろいでいる。

すぐ上：サン=テグジュペリの物語のように、バラの花に囲まれた王子さま。

左：レストラン「ル・プチ・プランス」と……

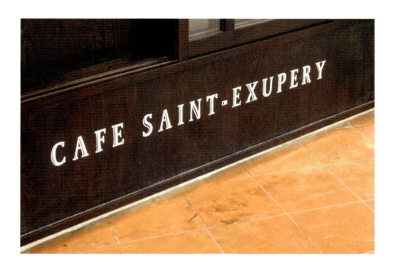

グレヴァン美術館の王子さま
（フランス、カナダ）

王子さまは本当にいる！　その証拠に、王子さまに会い、近づくことができ、指で触れることさえも……あるいは、少なくとも、ポリエステル樹脂でできた彼の像には触れることができる。その像には、2011年12月14日から、パリのグレヴァン美術館で会えるのだ。キツネとバラに囲まれた王子さまは、フランス3で放送されたアニメーションシリーズの主人公をもとにして、彫刻家にして造形芸術家であるステファヌ・バレによって作られた。結果は驚くべきものだ。来訪者は、本当に伝説のヒーローに突然直面するという印象を抱くのである。金髪の房、膨らんだズボン、そしてマントの星空は光る小さな人工宝石をひとつひとつ縫い付けたものだ。

もはや彼に足りないのは、ことばと動く能力だけだ……。「彼は確かに生きている、人びとはずっと以前から知っているこの人物に会うのだ」と、この像を公開する際に、サン＝テグジュペリ権利継承者事務所長オリヴィエ・ダゲは宣言した。「ここでは、彼は小さな少年です。そこに居るかのようだ……。人びとは彼を抱きしめたくなるでしょう！」今後は、だれもが王子さまに寄り添って写真を撮ることができる。この物語のパイロットには、こんなチャンスはなかった。彼は記憶によって王子さまの絵を描くだけに満足しなければならなかったのだ！　2013年からは、王子さまのもうひとつの像が、カナダのモントリオールにあるグレヴァン美術館に展示される。

最上：……カフェ「サン＝テグジュペリ」。来訪者は砂漠に不時着したパイロットとは違って、死にそうになるほどのどが渇くおそれはない！

すぐ上：サン＝テグジュペリの物語から抜粋された『星の王子さま』にある文章。スペルが少し間違っているが、壁に刻まれている。

左：古びることのない王子さまと女王エリザベス二世のふたりの肖像画が、ついにグレヴァン美術館で結びついた。このポスターは、パリのグレヴァン美術館の広告キャンペーンの一環としてアヴァス・プラグによって考案、製作された。

www.grevin.com

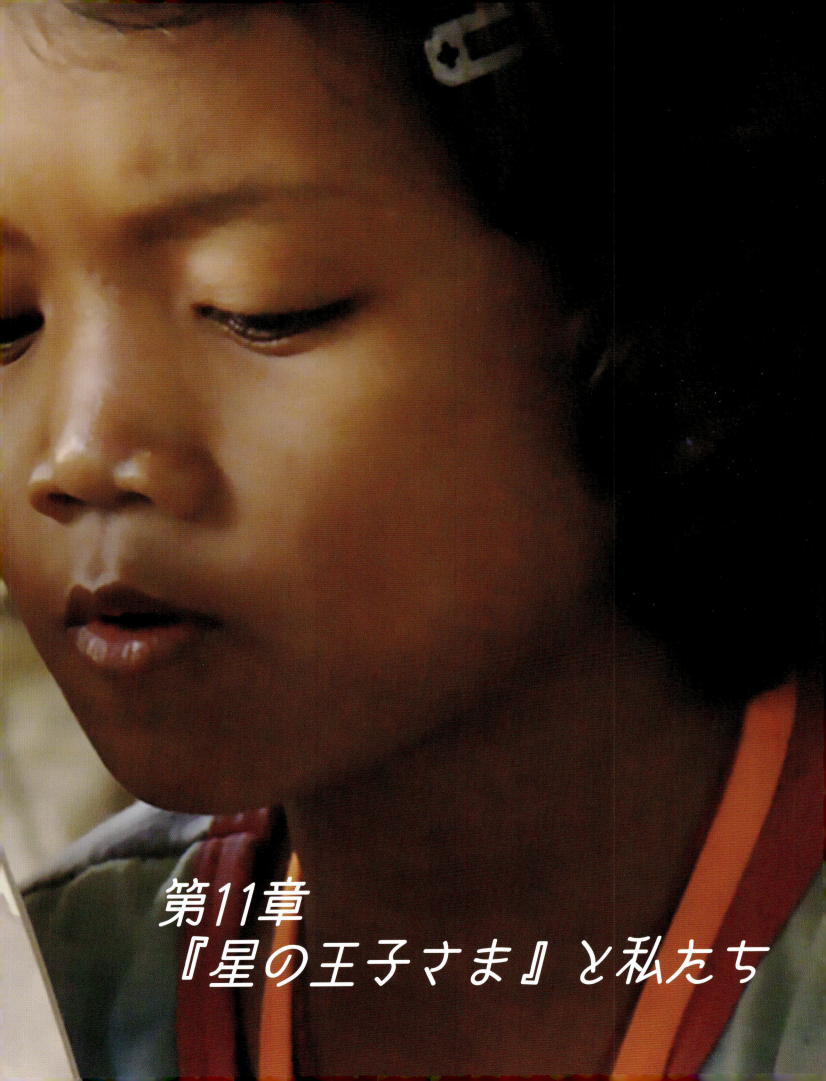

第11章
『星の王子さま』と私たち

『星の王子さま』ファン集合!

デッサンの不思議な力に国境はない。そして『星の王子さま』が世界中で知られているとすれば、そのファンの場合も同じで、彼らは世界中にいる。

彼らに「お願いです……ぼくに星の王子さまを描いて」と頼む必要はない。彼らは自発的に描いて、サン=テグジュペリの王子さまがいつまでも強い魅惑と愛着を生み出すことを証明してくれる。

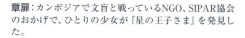

章扉:カンボジアで文盲と戦っているNGO、SIPAR協会のおかげで、ひとりの少女が『星の王子さま』を発見した。

左上から時計回りに:Platynews作『花とたくさんの星』;Megatruh作『星の王子さま』;Poevil作『星の王子さま』;Ryouworld作『星の王子さま』

「僕にとっても、同じように王子さまが好きな君たちにとっても、どこか知らない場所で、僕たちの知らないヒツジが一輪のバラを食べたか、食べなかったかで、宇宙はもう同じようには見えなくなってしまう……」

左上から時計回りに：Israel Maia作『星の王子さま』；Caio Souza＜Yo＞作『星の王子さま』；HyeinGo作『星の王子さま』；Niko Geyer作『無題』；Bartok作『胴体着陸、星の王子さま』

189

左上から時計回りに：Wibblequibble作『私の星の王子さま』；Breno de Borda作『星の王子さま』；Neemh作『星の王子さま』

彼らはグラフィックスの効果と、デッサンや水彩画あるいはコラージュ、さらには写真、粘土製のフィギュア、3Dのオブジェ、衣類、コスプレ……お菓子さえも介したさまざまな発想源を混ぜ合わせる。これらの読者やファンは、Facebookの『星の王子さま』の欄で自分の思いを表現し、次にその作品は、毎週金曜日に「ファン・アートの金曜日」の一環としてサイトlepetitprince.comで公表される。さあ、ペンを持って……君たちの想像力に身を任せてみよう！

上：Master Teacher作『無題』

右：юлия ъроновицкая作『星の王子さま』

191

左上から時計回りに：Oruba作『星の王子さまは夕陽が大好きだ』；Vifon作『星の王子さま』；Gally作『無題』

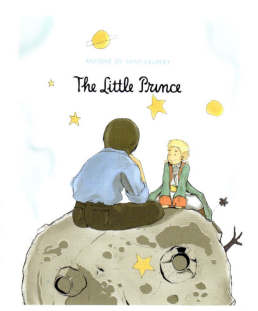

「こんなに悲しんでいる僕を放っておかないで。すぐ僕に手紙を書いてほしいんだ。王子さまが還って来たと……」

上から下へ：Charles Floria作『僕と星の王子さま』；Pokita作『王子さまとキツネ』；Pilar hernández作『星の王子さま、キツネ』

右上から反時計回りに：famoalmehairi作『無題』；
Yasemin Ezberci作『星の王子さま』；Muesliriegel作
『星の王子さま』

すぐ上：Elle duPomme作『無題』

上から下へ：Pablo Olivero作『星の王子さま』；Élodie Stervinou作『無題』；Marina Simunovic作『星の王子さま』

コレクター

『星の王子さま』のコレクターたちはまさにひとつの共同体を作り、メンバーは世界中に散らばっている。インターネットのおかげで、コレクションをさらに充実させたり、交換したり、情熱を共にするテーマについて語り合ったりもできる。なかには、星の王子さまやサン＝テグジュペリと同じように大の旅行好きで、互いに訪問し合ったり親交を結ぶ人たちもいる。

しかし彼らの目標は、持っている星の数を数えるビジネスマンのように、必ずしも一番多くの版を集めることではない。彼らはむしろ、収集することにより、あのキツネの偉大な教訓に従って、サン＝テグジュペリのこの作品を愛するすべての人たちと絆を結ぼうとしているのだ。というわけで、トルコ人コレクター、ユルドゥライ・リセには、アンカラにキュチュク・プレンス（トルコ語で『小さな王子さま』）専用の博物館を開設したいという夢がある。とりあえず、彼はイスタンブールでの展覧会の企画運営に参加して、星の王子さまの71歳を祝った。この展覧会ではとりわけ、サン＝テグジュペリのこの作品をトルコ語に訳した初版本が紹介された。イタリア人アントニオ・マッシモ・フラゴメニは、2009年に『星の王子さま』の公式サイトで、100言語以上、数百冊にのぼる自分のコレクションは「絆のコレクション」であり、もっとも大切なのは、『星の王子さま』のおかげで自分が世界中に張り巡らせた友だちのネットワークだと書いている。フランス人パトリック・トゥローは、自分の数百冊ものコレクションは、書棚を数メートルにわたって占領しており、『星の王子さま』の第17章でサン＝テグジュペリが書いているように「太平洋のいちばん小さな島に」積み重ねることができるかもしれない人類を連想させる、と考える。

カタルーニャ人ジャウマ・アルボネスも、数十の異なった言語に訳された初版本を数百冊所有している。彼によれば、地球上のあちこちで使われているこれらの言語は保護されるべきだ。

「私はただ収集しているだけではありません。目標は『星の王子さま』のメッセージを他の国民、他の人びとに知ってもらうことなのです。私が毎年新しい翻訳を試みるのはそのためです」
ジャン＝マルク・プロブスト

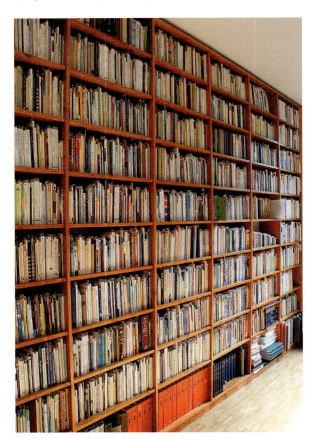

左：コレクターたちの書庫（ここでは、ジャン＝マルク・プロブストの書庫）には、ときには数千冊の初版本が並ぶこともある。

それは人類の遺産なのだから。ジャウマは、『星の王子さま』を、カタルーニャのアラン渓谷で2,000人が話すオック語の方言、アラン語のように消滅の危機に瀕する言語に翻訳して出版し、それらの保護に協力している。彼はまた、新しい翻訳に資金を出したり、外国の出版社を、サン＝テグジュペリのこの物語の国際著作権を占有するガリマール社に引き合わせたりもしている。

コレクターは正規の版を探し求めるだけではない。たとえば、ドイツ人ミヒャエル・ペッテルの「宝物」は2,000冊以上あるが、彼は「海賊版」にも興味がある。海賊版は、この作品の価値を高める未発表のイラストや翻訳本を提供してくれるからだ。

収集の動機は、ため込んだ成果を誇示したり、記録を破りたいという執念ではなく、むしろオリジナルの『星の王子さま』が生み出したデッサンやことばの多様さに対する好奇心だ。

しかし圧倒的な「記録保持者」は、依然としてスイス人のジャン=マルク・プロブストである。1980年に始められた彼のコレクションは、270の言語と方言に訳されたそれぞれ異なる3,400冊以上にのぼっている！ ショーのプログラム、楽譜、ポスター、雑誌、シナリオ、そしてあらゆるジャンルのテレビ・映画のテープやディスクなども忘れてはならない。彼のインターネットのサイト（www.petit-prince-collection.com）はまさに情報の宝庫であり、彼は2013年に財団まで設立した。その目的はふたつ。インターネットを使ってだれでも彼のコレクションにアクセスできること、そして新しい翻訳や出版によってサン=テグジュペリの作品をさらに伝播させること。ジャン=マルク・プロブストは、2008年に『星の王子さま』をティチーノ語――イタリア側スイスで使われている方言――に、その2年後にはアフリカの角（ソマリア半島）で話されている言語、ソマリア語にも翻訳した。

ここにあげた愛好家の顔ぶれはほんの一部である。得心が行くまで知りたければ、Facebookの『星の王子さま』愛好家の公式ページを覗いてみるか、あるいはパトリック・トゥローが立ち上げた『星の王子さま』の国際愛好家リストを参照するだけでよい（www.patoche.org/lepetitprince）。そしてコレクションの規模がどうであれ、同じ情熱を共にするのであれば、だれでもこのサイトを訪れて自由に仲間を増やすことができる。

最上：ジャン=マルク・プロブストのコレクション。あのビジネスマンの星のコレクションと同じくらい膨大だ。1980年から、彼は『星の王子さま』の異なる版を3,400以上集めた。

すぐ上：『星の王子さま』のコレクション、あるいは「太平洋のいちばん小さな島に」集合させることができるかもしれない人類の表象？

『星の王子さま』と社会

『星の王子さま』と子どもの権利

寛容、他文化の尊重、子どもの権利……これらのテーマはすべて、アントワーヌ・ド・サン=テグジュペリの物語の中心にある。2014年2月3日から3月20日までの「フランコフォニー月間」と「黒人の歴史月間」の折に、ニューヨークのフランス言語カリキュラムに在籍する生徒を対象にした「人権と子どもの権利」をテーマとする作文コンクールで、サン=テグジュペリがシンボル的人物になった。このコンクールを知らせるポスターのイラストとして選ばれた人物が、サン=テグジュペリのこの物語をマリの主要言語バンバラ語に翻訳した『マサデニン』の表紙に描かれている黒い王子さまだった。彼の斬新なところって？ 金髪なのに、白い服を着て、肌が黒い男の子なのだ。

中央：この黒人の星の王子さまは、最初は、この物語のバンバラ語の翻訳本、『マサデニン』の表紙を飾った絵だ。

右上：宇宙望遠鏡センチネル計画。

B612財団

2002年に創設されたアメリカのB612財団は、ふたつの目標を掲げている。それは地球と衝突しそうな小惑星を探知すること、そしてその小惑星の軌道をそらすことのできる科学技術を発明することだ。財団は、衝突の恐れのある天体を探知するための「見張り」を意味する「センチネル」と名づけられた宇宙望遠鏡を、2017年か2018年には運用する予定だ。それらの天体は大きさがわずか数十センチしかないものもあれば、数百キロに達するものもある。そのなかでもっとも危険なものは、次のふたつの条件を満たせば、地球接近天体と名づけられる。すなわち、少なくとも長さが150メートルはあること、そして少なくとも……地球から748万キロ以内のところを「さまよっている」こと！

2002年フランス人宇宙飛行士フィリップ・ペランは、国際宇宙ステーションに搭乗する際、本を1冊だけ持って行った。『星の王子さま』である……。宇宙空間に浮かぶ三つの小惑星は、サン=テグジュペリの作中人物を連想させる。科学者たちはたいして頭を悩ませることもなく、それら三つの惑星を「サン=テグジュペリ」「星の王子さま」そして「ベーシスドゥーズ（B612）」と名づけた。1995年からは4049（ノラギャル）と呼ばれる別の小惑星も存在する。『星の王子さま』をロシア語に初めて翻訳した女性ノラ・ギャル（本名はエレノーラ・ヤーコブレヴナ・ガリペーリナ）をたたえて、国際天文学連合がこのように名づけたのだ。

でもご安心を。サン=テグジュペリから発想された「実在の」小惑星B612は、とても小さいので私たちを脅威にさらすことはない。とはいえ、もしこの星が地球に近づこうという気になれば、ようやく星の王子さまを間近に見られるチャンスなのだが……。

紙幣

星の王子さまとボアに呑みこまれたゾウが描かれたフランスの50フラン札が、アントワーヌ・ド・サン＝テグジュペリをたたえて発行された。1992年にフランス系スイス人の画家でグラフィックデザイナーのロジェ・ファンドによってデザインされたこの紙幣は、1993年から2001年まで流通していた。1992年と1993年に印刷された紙幣には、誤って「Exupéry」の最初の「E」にアクサン・テギュ（´）がついているものがあるが、この誤りは1997年の新札発行の際に訂正された。

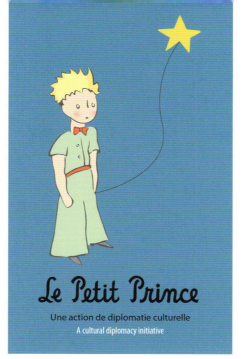

左：星の王子さまがシンボルマークになった、文化外交運動を紹介するパンフレットの最初の頁。

下：1992年に発行された、サン＝テグジュペリの肖像が描かれた50フラン紙幣。

世界的シンボル、星の王子さま

2014年3月のフランス語圏月間の記念式典の折に、文化外交の活動団体が星の王子さまをシンボルマークに選んだ。ニューヨーク国連本部のOIF（フランス語圏国際連合）常任代表、国連情報局、ニューヨークのケベック州統括委員会、そしてサン＝テグジュペリ権利継承者事務所が、国連とOIFの活動に指針を与える国際的な価値観を守るために、王子さまを頼みとしたのだ。国籍、文化、宗教の違いを越えた人道主義のメッセンジャー、素朴で普遍的なことばを駆使する達人、多数の翻訳のおかげで、世界中で有名なサン＝テグジュペリのこの主人公は、地球の住人みんなの歩み寄りを助けるため、人類を自然と結び付けている絆を強固にするため、多様性を奨励するため、そして私たちの地球をもう一度見つめ直すための申し分のない使者である。

展覧会

モーガン図書館（ニューヨーク）

『星の王子さま』のオリジナル原稿を所有しているモーガン図書館が、2014年1月24日から4月27日まで、『星の王子さま：ニューヨークストーリー』展を開催した。この展覧会は、手書き原稿から抜粋した数ページ、未発表の文章、写真、デッサン、水彩画、手紙、1998年に海から引き揚げられた彼のブレスレットなど思い出の品々を展示して、アントワーヌ・ド・サン゠テグジュペリによる『星の王子さま』の創作過程をたどった。

『星の王子さま』の歴史は、実際ニューヨークと強く結び付いている。この作品が書かれたのも、英語版だけでなくフランス語版が最初に出版されたのも、この街だった。この物語の朗読や子ども向けのアニメーションが、アメリカ人監督ウィル・ヴィントンの短編映画と同様に上映された。

www.themorgan.org

上：最後の任務の間に撮影されたアントワーヌ・ド・サン゠テグジュペリ飛行士の写真、ニューヨークで展示された。

左：モーガン図書館がニューヨークで開催した展覧会のポスター。

「軍服姿のサン＝テグジュペリが女友達シルヴィア・ハミルトンの家にやって来た。『なにかすばらしいものを君に贈りたい。でも、僕が持っているのはこれだけだ』。そう言って、彼はすっかりしわくちゃになった紙袋を、玄関ホールのテーブルの上に無造作に投げ出した。なかに入っていたのは『星の王子さま』の手書き原稿と挿絵だ。それを1968年にモーガン図書館が彼女から入手した」

画廊アルリュディク（パリ）

マーク・オズボーンの長編アニメーション映画が封切られるのを機に、2015年6月13日から9月19日まで、パリのギャラリー・アルリュディクが展覧会を開き、この映画製作用に描かれたデッサンを展示した。「星の王子さまの芸術」というタイトルのこの展覧会は、販売用にピーター・デ・セブとアレクサンドラ・ジュハスツがサインしたおよそ100点の作品を提供した。ピーター・デ・セブは物語の登場人物たちの線画研究に専念し、アレクサンドラ・ジュハスツは「ストップモーション」で撮影されるシーン用にすばらしい水彩画と鉛筆描きのデッサンを制作した。

www.arludik.com

上：アレクサンドラ・ジュハスツが描いた、星の王子さまの表情や姿勢の4通りの習作。

右：キツネの眼差しに、王子さまとキツネの暗黙の了解が読み取れる。マーク・オズボーンの映画の登場人物を担当したグラフィックデザイナー、ピーター・デ・セブのデッサンに描かれている。

201

さまざまな団体

「星の王子さまたち」

イルカと仲良くなりたい、スポーツ選手に会いたい、スターと握手をしたい、有名シェフと一緒に料理を作りたい、コアラを撫でたい、森林火災の消火に当たる飛行機カナデールに乗りたい……。子どもはみんな夢を持っている！ 1987年以来、公益法人「星の王子さまたち」は、癌（がん）や白血病、遺伝性疾患を患う子どもたちがこのような夢を叶える手助けをしている。団体は子どもたちの家族や医療チームと組んで、治療中ずっと子どもたちに付き添っている。こうして団体のボランティアたちは、子どもたちが新たな気力を取り戻して、病気と闘えるようにするのだ。1988年から2014年の間に、5,300件の願いが叶えられ、2,500人の子どもたちを喜ばせた。体育教師でスキーのインストラクターでもあり、自分のプロジェクトの力と子ども時代に夢を持つことの大切さを信じてきたドミニク・バイルのおかげで、公益法人「星の王子さまたち」は誕生した。

www.petitsprinces.com

「ヒツジの絵をかいて」

1990年以来、この団体は、エイズやその他の伝染病にかかった子どもや青少年、若者に寄り添っている。受け入れの場であるこの団体は、教育から健康状態まで自由に語り合うことを目指す研修会や、身体や自己評価に関しての訓練を通して、治療の過程で彼らを元気づけ、彼らが病気であっても人生計画を立てられるように手助けする。心理学者、看護師、社会福祉士などで構成される団体「ヒツジの絵をかいて」は、病院と組んで、病気にかかった若者たちに個人のそして家族の生活を取り戻させようと努めている。

www.dessinemoiunmouton.org

中央上とその右：動物に触れること、あるいは騎士になること、なんでもかまわない。子どもたちにとって大切なのは、自分たちの夢が現実になるのを体験することだ。

青少年基金

サン＝テグジュペリはすでにこの世にいない。しかし彼の人道主義の理念と、他者に向けられた彼の世界観は今も私たちの心のなかにある。青少年のためのアントワーヌ・ド・サン＝テグジュペリ基金［FASEJ］は、この作家の遺族と、文学界や航空業界出身のファンによって2008年に創設され、それ以来、星の王子さまの作者の情熱をかき立てたに違いないある目標を追い求めている。それは、今の若者の日々の生活をより良くするのに協力すること、そして将来の基礎を作る援助をすることだ。この財団は、多くの若者がしばしば直面する困難な状況を理解しており、彼らが公民権を持つ責任ある連帯したおとなであると自任できるよう、その手助けをしたいと願っている。世界中におよぶその多様な活動――文盲や排除との闘い、図書館の設立、職業上の同化など――は、30か国余りで活動するボランティア団体のネットワークに頼っている。多くの発起人たちが、『城砦』でサン＝テグジュペリが書いたことばを行動で示している。「未来に対しては、お前はそれを予見すべきではなく、可能ならしめねばならぬ」

www.fasej.org

「星の王子さまの翼」

王子さまは友だちのパイロットが操縦する飛行機に搭乗したことはなかったが、団体「星の王子さまの翼」のおかげで、障害のある子どもたちはパイロットと出会ったり、航空機の世界をちょっと覗いたり、飛行機に乗って忘れられない初めての空の旅に飛び立ったりできる。青少年のためのアントワーヌ・ド・サン=テグジュペリ基金に加盟しているこの非営利団体は、航空業界出身者あるいは障害児の専門家などおよそ50人の活動的なメンバーで構成されている。1998年以来、この団体のおかげで、──サン=テグジュペリの主人公の推定年齢である──7歳から14歳の子どもたち1,000人以上が、自分たちの夢を実現したり、障害があるにもかかわらず自由な感覚を体験できるようになった。

www.lesailesdupetitprince.fr

左：初めての飛行体験の間、子どもたちは「星の王子さまの翼」のおかげで、自分たちの障害を忘れることができる。

「小さな世界」

団体「小さな世界と宇宙」は、ピエール・シャトラン教授によって1997年リヨンに設立された。この団体の活動目的は、病気の、または病気で入院している子どもの生活の質を向上させることだ。「小さな世界」の家が、リヨン婦人科・産科・小児科病院の敷地に建てられ、治療期間中、落ち着いて介護できるよう家族が子どものすぐ近くに居られるようになった。

54室を有する共同生活に適したこの温かい施設のおかげで、家族たちは元気を取り戻したり、共同の生活の場で他の家族と話し合うこともできる。

もうひとつこの団体が行っているMRI検査では、それが可能な子どもの場合には、全身麻酔をせずに、遊びのように安心してMRI検査を受ける心の準備をさせる。現在、フランスとヨーロッパで10の病院がこの設備を備えている。

www.lepetitmond.com

「星の王子さま」

1985年に創設された団体「星の王子さま」は、子どもたちや青少年を、新しい教育理念のもとで休暇村や林間学校に受け入れている。冒険に参加することによって、自分も他人も尊重すること、さまざまな相違に耳を傾けること、力を合わせること、暴力を自制することなどといった市民的な価値観を学ぶためである。協調的な人間関係やヒューマニズムは、セミナーやいろいろな世代が混じる滞在において追求され、共同生活、集団の知性や平和をめざす教育を通じて、あらゆる年齢層の人びとをたがいに近づける。

団体はサン=テグジュペリのこの物語に心から共感している。『星の王子さま』が単に典型的な世代を超えた共通の物語であるばかりではなく、作品の題名になったこの物語の主人公も、新しい友だちを作り、その友だちを「手なずけ」るべきことを、手なずけたあとはその友だちに対して責任が生まれることを学ばなければならなかった……ということに。

www.lepetitprinceeasso.fr

「星の王子さまの星たち」

サン=テグジュペリ権利継承者事務所の支援を得て、2007年にイーゴリ・シャムラーエフによって創設されたロシアのこの団体は、困難な状況にある子どもたちを援助して、アントワーヌ・ド・サン=テグジュペリの哲学の実践を目指している。この団体は、環境保護団体グリーンピースと組んで、紙製造の過程で塩素を使用する危険性について注意を喚起するこのPR活動のような、さまざまな環境保護計画を推し進めている。また、この団体は数百冊の『星の王子さま』を一年間、手から手へ、ロシア全土で回し読みする「ブック・クロッシング」（本のシェアリング）運動も立ち上げた。

www.lepetiprince.ru

結び

　「サン=テグジュペリは、にこっと微笑むだけで、人や場を独り占めにしてしまった。彼はだれとでも、その場でたちまち親しくなった」と、レオン・ヴェルトは友人アントワーヌについて書いた。星の王子さまも、自分に接する人たちとすぐに親しくなるこの能力を持っている、王子さまの物語をはじめて読んだ人に対しても、数年後に再読した人に対しても。

　というのも、彼は美しい物語の主人公以上の存在だからだ。彼は旅の道連れであり、人生の友であり、生涯を通して寄り添ってくれる得難い誠実な味方だ。彼の名まえが病院や福祉団体につけられたとしても、彼が子どもの権利のための闘いに協力させられたとしても、国連によって世界のシンボルに選ばれたとしても、それは偶然ではない。彼は寛容、教育、自然に対する崇敬、世界を理解すること、他者に対する思いやりなどの大切さを具現しているのだから。

　誕生してからずっと、星の王子さまは年をとらない。すらりとした彼の体形はそのままだし、私たちに残された写真に永遠に定着されたサン=テグジュペリの顔と同様に、王子さまの顔も丸い目も元のままだ。王子さまは年を取るはずがない。彼はつねにこの本の読者と同じ年齢だ。私たちは子ども時代の、青春時代の、そしておとなになっても自分の姿を星の王子さまのなかに見つけるのだ。その上、『星の王子さま』はおとなにも読める子どものための本なのか、子どもたちに手渡すおとな向けの物語なのか、未だにだれにもわからない。けれども、そんなことはどうだってよい。この物語が私たちを魅了し続け、心のいちばん奥底にある私たちの渇望と共鳴し続けること、それが重要なのだから。

　いつか、おそらく、王子さまは還ってくるだろう。サン=テグジュペリ本人がその謎について考え続けていた。「すぐ僕に手紙を書いてほしいんだ、王子さまが還って来たと……」。この物語の最後の頁で、私たちはこのことばに出会う。しかしほんとうに星の王子さまは行ってしまったのだろうか？　彼の永遠の命を保証する読書の記憶に守られて、読者の想像力の奥底にうずくまった王子さまが、いつもここにいることを読者はよく知っている。そして本を開きさえすれば、王子さまがふたたび姿をあらわすのが見えて、かわいい声が耳元でささやくのが聞こえてくる。「お願いです……ぼくにヒツジの絵をかいて！」

参考文献

La Mémoire du Petit Prince
　Jean-Pierre Guéno & Jérôme
　Pecnard (éd. Jacob-Duvernet)
　ジャン=ピエール・ゲノ著『星の王子さまのメモワール：アントワーヌ・ド・サン=テグジュペリの軌跡』大林薫訳、駿河台出版社、2013年

Le Petit Prince, L'Œuvre
　(textes de Delphine Lacroix
　et Virgil Tanase,
　ouvrage hors-commerce)

Il était une fois… Le Petit Prince
　(textes réunis et présentés par
　Alban Cerisier, éd. Gallimard, coll.
　Folio)

**La Belle Histoire du Petit Prince
d'Antoine de Saint-Exupéry**
　(textes réunis par Alban Cerisier
　et Delphine Lacroix,
　éd. Gallimard)
　アントワーヌ・ド・サン=テグジュペリ著、アルバン・スリジエ、デルフィーヌ・ラクロワ編『星の王子さまの美しい物語：刊行70周年記念愛蔵版』田久保麻里、加藤かおり訳、飛鳥新社、2015年

**Antoine de Saint-Exupéry, dessins,
aquarelles, pastels, plumes et crayons**
　(catalogue présenté et établi
　par Delphine Lacroix
　et Alban Cerisier, éd. Gallimard)
　『サン=テグジュペリ　デッサン集成』山崎庸一郎、佐藤久美子訳、みすず書房、2007年

Saint-Exupéry
　Virgil Tanase (éd. Gallimard,
　coll. Folio Biographies)

Saint-Exupéry, L'archange et l'écrivain
　Nathalie des Vallières
　(éd. Gallimard, coll. Découvertes)
　ナタリー・デ・ヴァリエール著『「星の王子さま」の誕生：サン=テグジュペリとその生涯』山崎庸一郎監修、南条郁子訳、創元社、2000年

**Le Petit Prince, 60 ans après…
La véritable histoire**
　(hors-série du mensuel *Lire*, 2006)

Saint-Exupéry, le héros éternel
　(hors-série de l'hebdomadaire
　Le Point, 2014)

Lettres à l'inconnue,
　Antoine de Saint-Exupéry,
　éd. Gallimard
　アントワーヌ・ド・サン=テグジュペリ著『名の明かされない女性への手紙：恋をした星の王子さま』管啓次郎訳、くらしき絵本館、2012年

La Véritable histoire du Petit Prince
　Alain Vircondelet,
　éd. Flammarion

図版出典

P4 © Paramount Pictures/OnEntertainment, 2015 · P5 © Succession Antoine de Saint-Exupéry/Éditions Gallimard, 1943 © · PP10-21 © Succession Antoine de Saint-Exupéry · P22 © Succession Consuelo de Saint-Exupéry, Succession Antoine de Saint-Exupéry · PP24-26 © Succession Antoine de Saint-Exupéry · P26 © Succession Antoine de Saint-Exupéry, DP · PP28-29 © John Phillips, coll. Andrea Cairone, New York © John and Annamaria Phillips Foundation · PP30-41 © Succession Antoine de Saint-Exupéry · PP42-43 © Morgan Library & Museum · P44 © Succession Antoine de Saint-Exupéry · P45 © Morgan Library & Museum · P46 © Éditions Gallimard, éditions Claude Garrandes · P47 © Éditions Dar El Maaref, 2003, éditions Reynal & Hitchcock, 1943, éditions Kapo, 2010, éditions Gallimard, 1948, éditions Harcourt, 1954, éditions Gallimard, 1948, éditions Svenska Bokförlaget, 1958, éditions Izdatelstvo « Vuschaia Skola », 1966, éditions Bellhaven House Limited, 1973, éditions Jasikach, 1960 · PP48-55 © Succession Antoine de Saint-Exupéry/Éditions Gallimard · PP56-61 © Succession Antoine de Saint-Exupéry/Éditions Gallimard · P63 © Coll. privée · PP64-87 © Succession Antoine de Saint-Exupéry/Éditions Gallimard · P90 © Éditions Ronsosha, 2005 · PP92-93 © Succession Antoine de Saint-Exupéry/Éditions Gallimard · P95 © Éditions Planeta/Zenith, 2011, éditions de l'Opportun, 2013 · P96 © Éditions Gallimard/Folio, 2006 · P97 © Succession Antoine de Saint-Exupéry, éditions Gallimard · P98 © Éditions du Cerf/Atelier Vercken, 1992 · P99 © Éditions Taishukan, 2010, éditions Ronsosha, 2005 · PP100-101 © Gallimard Jeunesse, Milan Presse · P103 © Succession Antoine de Saint-Exupéry · P104 2015 © LPPTV - Little Princess - On Entertainment - Orange Studio - M6 films - Lucky red · P107 © Paramount Pictures · P108 © Succession Antoine de Saint-Exupéry · P109 © DP, Photographie de Pascal Ito © 1995 – Pathé Production – Productions et éditions Paul et Alexandre Lerderman – TF1 Films Production · PP110-113 2015 © LPPTV - Little Princess - On Entertainment - Orange Studio - M6 films - Lucky red · PP114-115 © Courtesy of Vinton Entertainment © Will Vinton, 1979 · P116 © DEFA-Stiftung/Rudolf Meister · P117 © Tous droits réservés Bobby Prod / Julien Daubas · PP118-121 © LPPTV, Method Animation, Sony Pictures Home Entertainment (France), LP Animation, Fabrique d'images, DQ Entertainment Limited et ARD · PP122-123 © Couturier · PP124-125 © Drehbühne Berlin, Thomas Bergmann, Jan Pauls · PP126-127 © Virgil Tanase, compagnie Tada · PP128-129 © Houston Grand Opera, George Hixson, 2003 · PP130-131 © State Theatre Karlsruhe, Courtesy of Nikolaus Schapfl · P132 © Futuroscope · P133 © Couturier · P134 © Festival, 2005, Lumen · P135 © Karl Rauch, 1999 · P136 © EMI, 1966, CBS, 1972 · P137 © Polydor/Universal, 2000 · PP138-139 © Éditions Gallimard Jeunesse · P141 © Hugo Pratt/Cong SA/ Casterman · PP142-143 © Éditions Gallimard Jeunesse · PP144-149 © Éditions Glénat · P150 © Humberto Ramos, 2015, Florence Cestac · P151 © Gipi, André Juillard · P152 © Jul, Joann Sfar · P153 © Martin Veyron · P155 © THE PILOT AND THE LITTLE PRINCE © 2014, Peter Sís · P156 © Collectoys · P158 © Monnaie de Paris, Trousselier, Succession Antoine de Saint-Exupéry, Fleurus · P159 © Fleurus, Zéhpyr, Petit Jour – Paris, Collectoys, Pixi, Muttpop · P160 © Tap Ball 2000, Delacre, Trousselier · P161 © Neamedia, Paristic, Plastoy, Chaks · P162 © Paristic/Déco minus, Végétaux d'ailleurs – Sénégal · P163 © Petit Jour – Paris, Sekiguchi/ Succession Antoine de Saint-Exupéry, Bloom · P164 © Editura Rao, Ludonaute · P165 © Ludonaute, Fleurus · P166 © Fleurus, Gallimard Jeunesse · P167 © Fleurus · PP168-171 © Jean-Charles de Castelbajac · P172 © Toshiba · P173 © reunica.com, Air France, Toshiba · PP174-175 © Succession Antoine de Saint-Exupéry · PP176-179 © Succession Antoine de Saint-Exupéry/Parc du Petit Prince · PP180-184 © Succession Antoine de Saint-Exupéry · P185 © Succession Antoine de Saint-Exupéry, Musée Grévin/ Havas Prague · PP186-187 © Succession Antoine de Saint-Exupéry · P188 © Platynews, Megatruh, Ryou, Poevil · P189 © Israel Maia, Caio Souza « Yo », HyeinGo, Bartok, Niko Geyer · P190 © Neemh, Wibblequibble, Breno de Borba · P191 © MasterTeacher, Юлия Броновицкая · P192 © Oruba, Vifon, Gally · P193 © Charles Floria, Pokita, Pilar Hernández · P194 © famoalmehairi, Yasemin Ezberci, Museliriegel · P195 © Elle duPomme, Pablo Olivero, Élodie Stervinou, Marina Simumovic · PP196 © Succession Antoine de Saint-Exupéry · P198 © New York Public Library, Fondation B 612 · P199 © ONU, Banque de France · P200 © Morgan Library and Museum · P201 © OnEntertainment · P202 © Association Petits Princes, Association Dessine-moi un mouton · P203 © Association Les ailes du petit prince, Association Le petit monde, Association Le petit prince, Association Les étoiles du petit prince, Fondation Antoine de Saint-Exupéry pour la Jeunesse · P205 Succession Antoine de Saint-Exupéry/Éditions Gallimard

Malgré tous nos efforts, certains ayants droit n'ont pu être retrouvés.
Si toutefois ils souhaitent prendre contact avec nous, ils peuvent nous envoyer un e-mail
à l'adresse suivante : info@huginnmuninn.fr

訳者あとがき

本書は、Christophe Quillien, *Le Petit Prince – L'Encyclopédie illustrée*, Huginn & Muninn, 2015の日本語訳である。

訳者のもとに、原書の刊行に先立って、刊行元であるHuginn & Muninn社の編集担当者から思いがけなくEメールが届いたのは、2015年9月初めのことであった。第5章「『星の王子さま』の研究」において、拙著『「星の王子さま」事典』および『「星の王子さま」の謎』の2冊を紹介することへの了承と確認を求める内容であった。フランス語圏の読者向けの書物に、『星の王子さま』研究においてすでに定評のあるアルバン・スリジエおよびオイゲン・ドレーヴァーマンの著作（ともに未邦訳）と同様に、日本語で書かれた拙著2冊にも1頁を割くという編集方針にはこちらが驚いたが、もちろん先方の要望を了承し、本の出版を心待ちにした。

原書は、その2か月後、2015年11月初めに刊行された。全11章から成り、作者の生涯に始まり、『星の王子さま』誕生のいきさつ、草稿・異稿、登場人物や作品世界、世界中の翻訳、映画、演劇、オペラ、ミュージカル、シャンソン、マンガ、アニメ、モードなどの諸分野への波及、美術館、テーマ・パークや関連グッズ、子どもたちを支援する団体の紹介など、まさに『星の王子さま』にまつわる全貌を紹介する網羅的書物である。そしてそのすべてに美しい図版が豊富に添えられている。

優れた文学作品は、それが書かれた言語の枠を超えて翻訳により世界中に伝播し、また文学の地平を越えて諸芸術において翻案され、さらにさまざまな文化領域へと受け継がれていくものだが、そのなかでも『星の王子さま』の占める位置は特別なものがあるだろう。原書のフォリオ版で100頁に満たない短い物語であるにもかかわらず、刊行後70年余にして、すでに世界中できわめて大きな文化事象となっていることが、この本を通じてよくわかる。

翻訳にあたっては、美しい図版の魅力を引き立てるべく、また若い世代の読者にとっても読みやすい文章となるように心がけた。『星の王子さま』からの引用に関しては、三野博司著『「星の王子さま」事典』（大修館書店）の巻末に収載された拙訳を、またサン＝テグジュペリの著作については、『サン＝テグジュペリ著作集』（みすず書房）を参考にしたが、一部表記などを変えたところがある。ドイツ語、ロシア語、トルコ語、スペイン語、ポルトガル語、スウェーデン語、ルーマニア語、韓国語などの固有名詞のカタカナ表記については、それぞれの専門家のご教示をいただき、一部のフランス語の固有名詞の読み方についてもフランス人の友人の助力を得た。読みやすさを優先するため、訳注は付さず、補足的説明が必要と思われる箇所では、訳文のなかにそれを織り混ぜた。フランス語原書には、数字などにおいて明らかな誤記と思われるものも散見されたが、本書では訂正した。また、フランス語初版が発行されたあと、著者の意向で図版の一部が新しい写真に差し替えられ、英語版以降の全ての翻訳版は新しいデザインに準拠するよう著者の要求があったため、一部の図版は英語版に依拠している。

柊風舎の伊藤甫律社長には本書の企画段階で奈良までお越しいただき、編集部の麻生緑さんには作業の全般を通じてお世話になった。また下訳作業においては、私の所属大学において、長年にわたってフランス語の作品を読む大学院のゼミに参加してきた、次の方々の協力を得たことを付記しておきたい。児玉明子（略年表、はじめに、第1、4章）、森井桂子（第2、5、6、9、11章、結）、大田文代（第3、7、10章）、各務奈緒子（第8章）。

2018年5月12日

新緑の奈良にて　三野博司

索引

太字は図版のページ

【あ行】

アイゼンハワー, ドワイト　28
『愛と勇気の翼』(映画)　132, 179
アヴィニヨン　131
アエロポスタ・アルヘンティーナ社　6, 21
アエロポスタル社　20～21, 32, 132, 180, 183：**19, 20～21, 32, 39**
アカデミー・ディスク大賞　134
アカデミー・フランセーズ小説大賞　7, 22
アゲー(フランス、ヴァール県)　6, 25, 28
アスリーヌ, ピエール　102
アタチュルク, ムスタファ・ケマル　73
アドミラルパラスト劇場　125：**124, 125**
アナイス, エリザベス　130
アナベラ(女優)　7, 25, 35, 41：**34**
アノー, ジャン=ジャック　132, 179
アフリカ　32, 56, 127
アマジグ語　56：**57**
アムハラ語　56
アメリカNBCラジオ　27：**26**
アラス　7
『アラスへの飛行』(『戦う操縦士』の英語版)(サン=テグジュペリ)　7
アラン語　196
アリカンテ　20
アルジェ　92
アルゼンチン　32, 56
アルディティ, ピエール　132, 135
アルドゥアン, ジャック　124, 135
『ある友への手紙』(サン=テグジュペリ)　36
『ある人質への手紙』(サン=テグジュペリ)　7, 36：**37**
アルリュデイク(画廊)　201
アンデルセン　16, 35
『アンヌ=マリー(夜の空を行く)』(映画)　6：**34**
アンベリュー　14
イエズス会　13
イスラエル　136
イタリア　127
『一番大切なものは目に見えない——「星の王子さま」の精神分析的解釈』(オイゲン・ドレーヴァーマン)　98
イラン　56
インド　56
ヴァイグレ, セバスチアン　128：**131**
ヴィクトール, ポール=エミール　35
ヴィラセカ, ヴァルハ　94
ウィリアムズ, ファレル　168
ヴィルモラン, ルイーズ・ド　6, 24
ヴィントン, ウィル　114, 200：**114～115**
ヴェイロン, マルタン　152：**153**
ウェルズ, オーソン　96, 108：**108**
ヴェルト, レオン　6, 36～37, 38, 62, 96, 99, 113, 204：**36～37**
ヴラディ, マリーナ　135
ウルドゥー語　56
ウルフ, コンラッド　116

ウロブレウスキー兄弟　15
エスペラント語　56
エチオピア　56
『エル』(雑誌)　45
エール・フランス　6
エル・プリンシピト　127
『王子さまが還ってきた』(シャンソン)　136
オーコイン, リッチ　136
オースター, ポール　45
オースティン　40
オーストリア　128
オズボーン, マーク　110～113, 165, 201：**104, 110～113**
オック語　196
オデオン劇場　124
オーフル・ラ・ヴィ財団　128
「思い出の本」(エッセイ)(サン=テグジュペリ)　16
オラン　92
オルコント(フランス、マルヌ県)　7

【か行】

カイリー, リチャード　106
『帰ってきた星の王子さま』(ジャン=ピエール・ダヴィッド)　94
カサブランカ　6, 7, 15, 18, 21, 32：**19**
『火山を運ぶ男』　33
カジノ・ド・パリ　130
カステルバジャック, ジャン=シャルル・ド　130, 168～171：**168～171**
風と砂と星と』(『人間の大地』の英語版)(サン=テグジュペリ)　7, 35
カタルーニャ　196
カドー, エミール　63
カナダ　131, 135, 136
カーバネ, ナンダ・ベン　125：**125**
カミンズ, マリア　33
カミンズ, リック　132
カムーン, ジャン=ルイ　125
ガランティエール, ルイス　40：**96**
ガリマール, ガストン　22
ガリマール社　22, 45, 47, 92
カールスルーエ　128
カールスルーエ国立劇場　128：**130**
ガルボ, グレタ　26：**27**
カルメ, ジャン　135
川江美奈子　136
韓国　183：**57, 182～183**
ガンツ, ブルーノ　125
カンテール, ロベール　62
カンナダ語　56
ギア, リチャード　135
ギィ・グラヴィス劇団　124
ギエルム, ジャン=ルイ　109
ギックス, マニュ　131
『狐物語』　70
キャップ, ジャン=ルイ　117

キャップ・ジュビー　6, 21, 32, 70
キャドフリーグ, ウィル　135
ギヨメ, アンリ　6, 7, 20, 32, 132, 179：**19, 20**
『銀の船』(雑誌)　6, 22
グアテマラ　7
クチュリエ, ジョゼフ　132
クニッペル, レフ　128
グランダルシュ　**133**
グレヴァン美術館　185：**185**
クレール, ルネ　35
グレロ, ジャック　134
クロード・ガランド出版　46
ケチュア語　56：**57**
ケナット, キャサリン　101
ゲーブル, クラーク　26：**27**
ケベック　7
ケーラー, ローレンツ・クリスチャン　125：**124**
コクシャンテ, リシャール　130
ゴノン, クリスチャン　125
コメディ・デ・シャンゼリゼ　127
コメディ・フランセーズ　125
コラン, ファブリス　100
コルヴィ, ジャンニ　133
コルシカ島　28
コルト・マルテーズ　140
ゴワミエ, ピエール　133
コンスエロ・ゴメス・カリヨ(スンシン=サンドヴァル)　6, 7, 25, 27, 40, 103：**24, 25**
コンパーニア・ムトゥア劇団　132

【さ行】

『最後の飛行』(ユーゴ・プラット)　140
サイゴン　6, 32
サエス, ダミアン　137
サザビーズ(競売会社)　40, 41, 92
『ザ・ニューヨーク・タイムズ』　63
サハラ砂漠　21
『さようなら、王子さま』　136
ザルツブルク　128
サルディーニャ島　28：**29**
サロン=ド=プロヴァンス　125
サンクトペテルブルク　128
『三十三日』(レオン・ヴェルト)　36
サン=テグジュペリ, アントワーヌ・ド
　アメリカ亡命　26～27
　両親
　　ジャン・ド・サン=テグジュペリ(父)　6：12
　　マリー・ド・サン=テグジュペリ(母)　12, 24, 35：**10, 12**
　きょうだい
　　ガブリエル(ディディ)(妹)　12, 25：**12**
　　シモーヌ(姉)　12：**12**
　　フランソワ(弟)　6, 12, 13：**10, 12**
　　マリー=マドレーヌ(ビッシュ)(長姉)　6, 12：**12**
　結婚　6, 25：**25**

子ども時代　12〜13：11〜13
婚約　6, 24
執筆活動　22：23
初期の手紙、最初の作品　16, 18〜19：16〜17, 18
素描　18〜19：18〜19
誕生　6, 12
飛行　6, 14〜15, 20〜21, 22, 28, 140：14〜15, 20〜21, 28〜29
美術学校　6, 35
サン=テグジュペリ、ジャン・ド（父）　6：12
『サン=テグジュペリという名の王子』（演劇）　132
サン=テグジュペリ、マリー・ド（母）（マリー・ド・フォンコロンブ）　12, 24, 35：10, 12
『三人兄弟』（映画）　109：109
ザンベロ、フランチェスカ　128
サン=モーリス=ド=レマンス（城館）　12, 16, 32, 180：13
『ジェオードの星の王子さま』（スペクタクル）　133
ジェニー、ベルナール　125
ジェブリューナス、アルーナス　106
ジェローム、レイモン　124
シガレヴィッチ、クララ　132
シス、ピーター　154
ジッド、アンドレ　6
ジピ（ジアン・アルフォンソ・パチノッティ）　151：151
紙幣　199：199
ジャクソン、マイケル　106
ジャセル、アンヘル　131
シャプフル、ニコラウス　128：130
シャーマン、ベアトリス　63
シャルティエ、ピエール=アラン　119
ジャンデ、イヴェット　62
ジュイヤール、アンドレ　151：151
シュヴリエ、ピエール　→ネリ・ド・ヴォギュエ
シュークルトゥリー　125
シュドゥロー、ピエール　32：33
ジュハスツ、アレクサンドラ　201：201
シュペルヴィエル、ジュール　33
ジュル　152：152
『城砦』（サン=テグジュペリ）　7, 22, 127
書簡と直筆博物館（パリ）　93
ジョルジュ=ラテコエール、ピエール　32
ジロドー、ベルナール　102, 135
『新フランス評論』（NRF）　6, 22
スイス　127
スカーバラ　47
スクーラー、ジョン　132
スターン、ヘッダ　35
ストックホルム　47
ストラスブール　6, 15
スファール、ジョアン　142〜143, 152：138, 142〜143, 152
スペイン　20
スリジエ、アルバン　59, 93, 96, 102
スンシン=サンドヴァル　→コンスエロ・ゴメス・カリヨ
ゼイファルト、グレゴール　131
セスタック、フロランス　150：150
セネガル　32
ソマリア語　197

【た行】
ダヴィッド、ジャン=ピエール　94
ダカール　6, 7, 21, 32：19
ダゲ、オリヴィエ　184, 185
『戦う操縦士』（サン=テグジュペリ）　7, 13, 27, 35
タッカー、アナンド　125
タナズ、ヴィルジル　68, 71, 127：126
谷口ジロー　143

タ・フェンタスティカ劇場　132
ダマン、エリック　135
ダーリ語　56
ダルヴォール、パトリック・ポワヴル　103
タルファヤ　183
タンプル劇場　127
地中海　28
チャップリン、チャーリー　26：27
チュニジア　47
ティエラ・デル・フエゴ諸島　7
ディズニー、ウォルト　108
ティチーノ語　197
ディートリッヒ、マレーネ　26：27
ディーン、ジェームズ　9, 96, 109, 136：109
デ・セブ、ピーター　113, 201：201
デテクティヴ社　24
デプルシャン、マリー　102
デュモン、ミシェル　135
『点灯夫』（マリア・カミンズ）　33
ドイツ　116, 127, 135
トゥールーズ　6, 20, 21, 32
ドストエフスキー　16
ド・トリコー伯爵夫人　12
ドーネン、スタンリー　106
ドバイ　127
トバ語　56：56
トラヴァース、パメラ　35, 63
ドーラ、ディディエ　20
トランティニャン、ジャン=ルイ　135
鳥居明希子　180, 184
ドレーヴァーマン、オイゲン　98
ドレルム、フィリップ　102
トロワ・アンガール劇場　125
トンブクトゥ　7

【な行】
ナゼ、ヤエル　97
『名の明かされない女性への手紙』（サン=テグジュペリ）　35, 92〜93：92〜93
『ナビ=ビラ』　127
『南方郵便機』（サン=テグジュペリ）　6, 21, 22, 180
日本　56, 99, 114, 136, 143, 172〜173, 180, 184：99, 172〜173, 181, 184
ニーム　133
ニューヴィクトリー劇場　132
ニューヨーク　7, 9, 26, 35, 109, 200
ニューヨーク・シティ・オペラ劇場　128
『人魚姫』　7, 35
『人間の大地』（サン=テグジュペリ）　7, 22, 32, 33, 108, 168, 180
ネリ・ド・ヴォギュエ（ピエール・シュヴリエ）　25, 32, 39：33
ノア、ヤニック　137
ノイホフ　15

【は行】
ハイデガー、マルティン　62
パキスタン　56
パスカル、ジャン=クロード　135
ハミルトン、シルヴィア　25, 27, 35, 40, 201：41
パリ　6, 32
ハリケーン・ミッチ　9, 127
『パリ・ソワール』（日刊紙）　6, 7
バルザック　16
バルセロナ　131
バルボー=ラヴァレット、アナイス　127
バレ、ステファヌ　185
パレ、ナタリー　25
バロー、ジャン=ルイ　124
バロー、ルイ　63
バンバラ語　198：198

ピエプリュ、クロード　135
ピクリ、ダニエル　103
ピケーノ・プリンシペ病院（ブラジル）　180
「飛行士」（短編小説）（サン=テグジュペリ）　6, 22
『飛行士と星の王子さま』（ピーター・シス）　154：155
『ビジネスマンになった星の王子さま』（ヴァルハ・ヴィラセカ）　94：95
『ヒツジの絵を描いて』（ミレーヌ・ファルメール）　137：137
ヒッチコック、カーティス　35
ピフォー、ジャン・クリストフ　132
ヒューストン・グランド・オペラ劇場　128
B612財団　198
ファルグ、レオン=ポール　24
ファルメール、ミレーヌ　137：137
ブイユー=ラフォン、マルセル　32
フィリップ、ジェラール　134, 135, 142：46, 134
フィンランド　131
ブエノスアイレス　6, 21
フェミナ賞　6, 22
フォッシー、ボブ　106
フォンコロンブ、マリー・ド　→サン=テグジュペリ、マリー・ド（母）
フォンテーヌ、ダミアン　132
ブークレ、アンドレ　22
プージュリ、ジョルジュ　134
ブダン、ピエール　63
プティジラール、ローラン　131
ブーテイユ、ロマン　135
フュチュロスコープ　132：132
ブライム、シュリアーヌ　125
ブラガンス、ナダ・ド　25
ブラジル　9, 132, 180
プラット、ユーゴ　140：141
ブラナー、ケネス　135
プラハ　132
ブランギエ、ポール　63
ブラン、クリスチャン　125
ブーランジェ、ナディア　40
プーラン、ジャン・ル　135
フランス国立図書館　40
フランス座　125
ブルキナファソ　127
ブルザ、ファビアン　132
ブルーミントン大学　108
フレイ、サミー　135
プレヴォー、アンドレ　32：33
プレヴォー、ジャン　22
ブロイネル、トン　136
ブロー、エリック　131
プンタ・アレナス　25
ベヴィン・ハウス　27
ベグベデ、フレデリック　102
ベコー、ジルベール　136：136
ペシャラ、ナタリー　132
ベトナム　127
ペトロヴナ、ソニア　131
ペピニエール劇場　127
ペラヨ、シルヴィ　134
ペラン、フィリップ　198
ペルー　56
ベルクール広場（リヨン）　132
ベルナール、レイモン　6
ベルベル語族　57
ペンサ、マーティン　135
『星の王子さま』
　アニメ　100〜101：100〜101
　映画　106〜113：106〜113
　演劇　124〜127：124〜127
　オペラとミュージカル　128〜129：128〜129

ガリマール社　45, 46～47：**46, 47**
ゲラ刷り　41
執筆開始　7, 27, 35
シャンソン　136～137
出版　7, 45, 46～47：**45, 46～47**
初版本　45：**44, 47**
世界中の翻訳書　56～59：**56～61**
草稿　48
手書き原稿　40～41, 50
テクストの異文　50～55：**50～55**
デッサン　38～39：**38～39**
テレビ　114～121：**114～121**
登場人物・道具など
　　泉　85：**85**
　　井戸　86：**86**
　　井戸のそばの古い壁　86
　　うぬぼれ屋　74, 89：**74**
　　うぬぼれ屋の帽子　85：**85**
　　王様　74, 89：**74**
　　王様の玉座　85
　　王子さま　32, 38, 45, 68～69, 88：**68～69**
　　　ほか多数
　　王子さまの衣装　84
　　王子さまの椅子　84
　　街灯　85
　　街灯の点灯夫　32, 76, 89：**76**
　　語り手　66, 88（→パイロット）
　　ガラス製の覆い　84
　　丸薬売りの商人　79
　　キツネ　32, 70, 89：**70**
　　こだま　77, 89：**77**
　　砂漠　32, 81：**81**
　　砂漠の花　77, 89：**77**
　　じょうろ　84
　　小惑星 B612　38, 82：**82**
　　白テンの毛皮　85
　　大蛇ボア　32, 71
　　地球　80：**80**
　　地理学者　76, 89：**76**
　　衝立　84
　　転轍手　78, 89
　　天文学者の画架　84：**84**
　　トルコ人の天文学者の望遠鏡　84：**84**
　　トルコの天文学者　45, 73：**73**
　　呑んべえ　75, 89：**75**
　　呑んべえの酒瓶　85
　　パイロット　32, 66, 88：**67**
　　バオバブ　32, 83：**83**
　　バラ　72, 78, 88：**72, 78**
　　ビジネスマン　32, 75, 89：**75**
　　ビジネスマンのタバコ　85
　　ヒツジ　73：**73**
　　ヒツジの箱　84：**84**
　　分厚い本と地理学者の拡大鏡　85
　　ヘビ　71, 89：**71**
　　星　81
　　猟師　79：**79**
　　旅行時の乗り物　84
　フランスとフランス語圏での出版　46～47：
　　46～47
　ポップアップ絵本　46
　未発表の一章　48～49
　レイナル＆ヒッチコック社　7, 45, 46：**47**
　録音　134～135：**134～135**
星の王子さま公園（アルザス）　176～179：**176
　～179**
『「星の王子さま」事典』（三野博司）　99：**99**
『星の王子さまの美しい物語』（アルバン・スリジ
　エ）　93
『星の王子さまの（興味深い）真実』（ヤセル・ナゼ）
　97
『「星の王子さま」の謎』（三野博司）　99：**90, 99**

『星の王子さま　プチ・プランス（星の王子さま
　の冒険）』（テレビ）　114
星の王子さまミュージアム（箱根）　180：**181**
『星の王子さまを探して』（映画）　125
ボダン，ポール　62
ポートマン，レイチェル　128：**128**
ボードレール，シャルル　16
ポネ，ポール　47
ボーランジェ，リシャール　117
ポーランド語　56
ボルゴ＝バスティア　28
ポール・テティエンヌ　6
ポワチエ　132
ホンジュラス　9, 127

【ま行】
マスカ，リヒャルト　132
マチュラン劇場　124
『マリアンヌ』（文学雑誌）（ガリマール社）　6
マルセイユ　7, 28
マルティノティ，ジャン＝ルイ　130
マルロー，クララ　62
マレー，ジャン　135
『マレンキー・プリンツ』（映画）　106
マンソン，ジーン　137
ミシェル劇場　127
三野博司　99
ミハイロフスキー劇場　128
ミューエ，ウルリッヒ　135：**135**
ミュンヘン　131
ミニ，ジャン＝クロード　135
『昔々、王子さまが……』（アルバン・スリジエ）
　96, 102
ムールージ　135
『メリー・ポピンズ』　35
メルモーズ，ジャン　6, 7, 20：**20**
メンゴ，アルト　137
メンミ，アルベール　103
モーガン図書館（ニューヨーク）　40, 48, 200：
　200
モスクワ　6, 127
モーテンセン，ヴィゴ　135
モニエ，アドリエンヌ　22, 62
モーニエ，ティエリー　63
モーリタニア　21
モリッシー（ザ・スミス）　136
モレル，フランソワ　143
モロッコ　6, 9, 15, 56, 127, 183
モーロワ，アンドレ　33
モントリオール　185
モンパルナス　24

【や行】
『夜間飛行』（サン＝テグジュペリ）　6, 21, 22, 26,
　168, 180
ユンガー，バンジャマン　125
妖精物語　9, 35, 36
寄居パーキングエリア　184：**184**
ヨーロッパ劇場　143

【ら行】
ライト，ニコラス　128
ラヴォワ，ダニエル　130
ラクロワ，デルフィーヌ　68, 71
ラ・ジェオード　**124**
ラテコエール社　6, 20, 21, 32
ラトビア語　106
ラモス，ウンベルト　150：**150**
ラモット，ベルナール　7, 35：**18, 26**
ラルケ，ピエール　134
『ラントランシジャン』（日刊紙）　7
リオウ島　28

リゲル，ルネ　32
リッペルト，ホルスト　7, 28
リビア砂漠　32：**15, 33**
リュセルネール劇場　124
リヨン　6, 12, 132
リ＝ロン合唱団　136
ルヴェル，ジャン＝フランソワ　62
ルコワン，オーレリアン　125
ル・シュヴァル・アルルカン劇団　124
ルノルマン，ジェラール　136：**136**
ルノワール，ジャン　7
ルブラン，ダニエル　135
ル・ブルジェ　15
ル・ブルジェ航空・宇宙博物館　41
ルーマニア　127
ル・マン　13
ルー，ミシェル　134
ルメマーズ，アレハンドロ　94：**95**
レイナル，エリザベス　35：**35**
レイナル，ユージン　35：**35**
レヴィナス，ミカエル　128
『レオン・ヴェルトへの手紙』（サン＝テグジュペリ）
　36
『レ・カソス』（テレビ）　117：**117**
レジオンドヌール勲章　6, 7
レトランジュ，イヴォンヌ・ド　24
レトランジュ，ガブリエル・ド（ド・トリコー伯
　爵夫人）　12
レミ，エリック　135
ロサンジェルス　7
ローザンヌ　128
ロシア　128, 198
『ロスト』（テレビ）　117
ロラン，レーヌ　135：**134**
ロング・アイランド　27
ロンバルディア語ベルガモ方言　57

【わ行】
ワイルダー，ジーン　106
『若き王子の帰還』（アレハンドロ・ロエメルス）
　94
ワガドゥグー　127
『わがままな三万六千人の国』（アンドレ・モーロ
　ワ）　33
『私が知っているままのサン＝テグジュペリ』（レ
　オン・ヴェルト）　36
ワーナー，スティーヴン　106

【編者】
クリストフ・キリアン（Christophe Quillien）
ジャーナリスト、著述家。美術、音楽、文学、映画関連の雑誌に寄稿。フランスのマンガに関する本や、音楽、出版の歴史についての著書がある。サン＝テグジュペリの崇拝者で、本書を通じ彼の作品と生涯に敬意を表している。

【訳者】
三野博司（みの　ひろし）
1949年、京都生まれ。京都大学卒業。クレルモン＝フェラン大学文学博士。奈良女子大学名誉教授。放送大学奈良学習センター所長。国際カミュ学会副会長。
著書　« Le Silence dans l'œuvre d'Albert Camus »（Paris, Corti）、『カミュ「異邦人」を読む』『カミュ, 沈黙の誘惑』(以上、彩流社)、『「星の王子さま」の謎』(論創社)、『「星の王子さま」で学ぶフランス語文法』『「星の王子さま」事典』『カミュを読む―評伝と全作品』(以上、大修館書店)
共著　『フランス名句辞典』(大修館書店)、『新リュミエール』(駿河台出版社)、『文芸批評を学ぶ人のために』『小説のナラトロジー』(以上、世界思想社)、『大学の現場で震災を考える』(かもがわ出版)、« Albert Camus, Cahier de l'Herne »、« Camus l'artiste » 他。
訳書　サン＝テグジュペリ『星の王子さま』(論創社)、ブリュモン『「星の王子さま」を学ぶ人のために』(世界思想社)、ファーユ『みどりの国　滞在日記』(水声社) 他。

星の王子さま百科図鑑

2018年7月18日　第1刷

著　者　クリストフ・キリアン
訳　者　三野博司
装　丁　古村奈々
発行者　伊藤甫律
発行所　株式会社　柊風舎

〒161-0034 東京都新宿区上落合 1-29-7 ムサシヤビル 5F
TEL 03-5337-3299 ／ FAX 03-5337-3290

本文組版・印刷／文唱堂印刷株式会社
製本／小髙製本工業株式会社
ISBN978-4-86498-058-6
Japanese text © Hiroshi Mino